数据库程序设计
Visual FoxPro 学习指导

主　编　刘晓松

副主编　张海斌　徐红梅　杨　治

　　　　张道海　李　雯

主　审　刘秋生

东南大学出版社
·南京·

内容提要

本书是根据数据库程序设计(Visual FoxPro)课程的教学要求和计算机等级考试(Visual FoxPro 二级)要求而编写的学习指导用书。全书分为十章,每一章首先总结本章学习要点,然后根据知识点以及历年全国和江苏省等级考试考题给出大量习题,对于有上机实验要求的章节,配备多个实验,便于指导学生上机操作。

本书可以作为高等院校 Visual FoxPro 程序设计相关课程的辅导用书,也可以作为全国以及江苏省计算机等级考试(Visual FoxPro 二级)参考用书。

图书在版编目(CIP)数据

数据库程序设计 Visual FoxPro 学习指导 / 刘晓松主编．
南京:东南大学出版社,2009.1
ISBN 978－7－5641－1490－9

Ⅰ.数… Ⅱ.刘… Ⅲ.关系数据库－数据库管理系统,
Visual FoxPro－程序设计－高等学校－教学参考资料
Ⅳ.TP311.138

中国版本图书馆 CIP 数据核字(2008)第 191571 号

数据库程序设计 Visual FoxPro 学习指导

出版发行	东南大学出版社
出版人	江　汉
社　址	南京市玄武区四牌楼 2 号(邮编 210096)
印　刷	溧阳市晨明印刷有限公司
经　销	江苏省新华书店经销
开　本	B5
印　张	10.75
字　数	216 千字
版　次	2009 年 1 月第 1 版　2009 年 1 月第 1 次印刷
书　号	ISBN 978-7-5641-1490-9/TP・245
印　数	1～4000 册
定　价	20.00 元

前　言

　　数据库技术的发展日新月异,应用涉及社会方方面面,使得数据库技术成为当今信息社会重要的基础技术,而相关程序设计语言成为高等院校管理和财经类学生必须掌握的基础知识。

　　Visual FoxPro 作为一门关系型数据库程序设计语言,在学习过程中具有知识点多而散、操作性要求高以及应用实践性强等特点。要熟练掌握这门程序设计语言,必须配合大量习题训练和充分的上机实验操作,为此,我们根据数据库程序设计(Visual FoxPro)课程的教学要求和计算机等级考试(Visual FoxPro 二级)要求,结合我们十多年教学实践经验,编写了这本《数据库程序设计 Visual FoxPro 学习指导》。

　　本书每一章先列出本章的学习要点,再结合基本知识点,给出大量习题供学生课后练习,帮助学生消化吸收。对于有上机实验要求的章节,循序渐进地配备多个实验,实验内容步骤详细,可操作性强,便于指导学生上机操作。上机实验课时建议不少于 30 学时。

　　实验要求的软件环境为 Visual FoxPro 6.0 中文专业版。

　　本书由江苏大学刘晓松副教授主编,张海斌、徐红梅、杨治、张道海和李雯副主编,刘秋生教授主审。第一章和第六章由李雯老师编写,第二章由杨治老师编写,第三章和第十章由张道海老师编写,第四章由张海斌副教授和杨治老师编写,第五章和第九章由徐红梅老师编写,第七章和第八章由刘晓松副教授编写。本书的出版得到江苏大学工商管理学院信息管理与信息系统系全体老师的大力支持,在此一并表示衷心感谢!

　　由于编者水平有限,书中若有疏漏错误之处,恳请读者批评指正。

编　者

2008 年 11 月

目　录

目 录

第一章 概 述

一、学习要点

1. 掌握信息和数据的相关知识,包括数据的定义、描述和形式,信息的定义和性质,数据和信息的关系,还有数据处理的定义。

2. 了解数据库技术的发展史及各个阶段的特点:人工管理阶段、文件系统管理阶段和数据库系统管理阶段。

3. 掌握数据库的含义、特点以及分类,数据库管理系统(DBMS)的含义及其功能分析,了解数据库系统的体系结构(四类人员、三模式、两级映射以及独立性问题等)。

二、习 题

一、选择题

1. 数据库技术的发展史经历的 3 个阶段是_____。
   A. 人工管理阶段、文件管理阶段和数据库管理阶段
   B. 层次模型阶段、网状模型阶段和关系模型阶段
   C. PC 机数据库阶段、小型机数据库阶段和大型机数据库阶段
   D. dBASE 数据库阶段、FoxBase 数据库阶段和 FoxPro 数据库阶段

2. 数据独立性是数据库技术的重要特点之一,所谓数据独立性是指_____。
   A. 数据与程序独立存取
   B. 不同的数据被存放在不同的文件中
   C. 不同的数据只能被对应的应用程序所使用
   D. 以上 3 种说法都不对

3. DBMS 的含义是_____。
   A. 数据库系统   B. 数据库管理系统
   C. 数据库管理员   D. 数据库

4. 数据库系统中对数据库进行管理的核心软件是_____。
   A. DBMS   B. DB   C. OS   D. DBS

5. 数据库系统的核心是_____。
   A. 数据模型   B. 数据库管理系统
   C. 数据库   D. 数据库管理员

   说明:数据库管理系统是一个系统软件,是基于某种数据模型基础上的,

以统一的方式管理和维护、控制数据库,并提供数据库接口的通用软件,是数据库系统的核心部分。它具备数据库定义功能、数据库操纵功能、数据运行维护功能以及数据通信功能等。

6. 由计算机、DBMS、数据库、应用程序和人等组成的整体称为_____。
   A. 数据库系统　　　　　　　　B. 数据库管理系统
   C. 文件系统　　　　　　　　　D. 软件系统

7. 数据库(DB)、数据库系统(DBS)、数据库管理系统(DBMS)三者之间的关系是_____。
   A. DBS 包括 DB 和 DBMS　　　　B. DBMS 包括 DB 和 DBS
   C. DB 包括 DBS 和 DBMS　　　　D. DBS 就是 DB、也就是 DBMS
   　　说明:数据库系统由计算机硬件资源、操作系统(OS)、数据库管理系统(DBMS)、编译系统、用户应用程序和数据库等组成。

8. 一个表的主关键字被包含到另一个表中时,在另一个表中称该关键字为_____。
   A. 外部关键字　　B. 主关键字　　C. 超关键字　　D. 候选关键字

9. 对于二维表的关键字,不一定存在的是_____。
   A. 外部关键字　　B. 主关键字　　C. 超关键字　　D. 候选关键字
   　　说明:外部关键字是指两张表具有"一对多"关系时,"多表"(或称为"子表")中包含来自于"一表"(或称为"主表")的主关键字,这个"一表"的主关键字在"多表"中就称为外部关键字。超关键字是指在表中能够唯一确定表的记录的一列或多列的数据组。

10. 在数据库系统中,负责全面地管理和控制系统的人是_____。
   A. 应用程序员　　B. 数据库管理员　　C. 系统分析员　　D. 用户

11. 数据经历的 3 个领域是_____。
   A. 现实世界、逻辑世界和数据世界　B. 事物、对象和性质
   C. 实体、对象和属性　　　　　　　D. 数据、记录和字段

12. 下面关于数据库技术的说法中,不正确的是_____。
   A. 数据库的独立性是指数据的存储独立于使用它的应用程序
   B. 数据库的共享性是指数据的正确性
   C. 数据库的安全性是指数据不能被无关人员获取或破坏,保证数据的完整和正确
   D. 数据库的一致性是指相同的数据在不同的应用程序中具有相同的值

13. 数据库系统与文件系统的最主要区别是_____。
   A. 文件系统不能解决数据冗余和数据独立性问题,而数据库系统可以解决
   B. 文件系统只能管理程序文件,而数据库系统能够管理各种类型的文件
   C. 文件系统管理的数据量较小,而数据库系统可以管理庞大的数据量
   D. 数据库系统复杂,而文件系统简单

14. 数据库系统由数据库和_____组成。
    A. DBMS、应用程序、支持数据库运行的软件、硬件环境和 DBA
    B. DBMS 和 DBA
    C. DBMS、应用程序和 DBA
    D. DBMS、应用程序、支持数据库运行的软件环境和 DBA
15. 在下面关于数据库技术的说法中,不正确的是_____。
    A. 数据的完整性是指数据的正确性和一致性
    B. 防止非法用户对数据的存取,称为数据库的安全性防护
    C. 采用数据库技术处理数据,数据冗余应该完全消失
    D. 不同用户可以使用同一数据库,称为数据共享

二、填空题

1. 数据库中的数据按一定的数据模型组织、描述和储存,具有较小的数据_____度,较高的数据_____性和易扩展性,并可以供用户共享。
2. 数据库技术的发展过程经过人工管理阶段、文件系统管理阶段和数据库管理系统阶段,这 3 个阶段中数据独立性最高的阶段是_____。
3. 数据的独立性是指数据和_____之间相互独立。
4. 数据库通常包括两部分内容:一是按一定的数据模型组织并实际存储的所有应用程序需要的数据,二是存放在数据字典中的各种描述信息,包括所有数据的存储格式、完整性约束等信息,这些描述信息通常称为_____。
5. 利用计算机对数据进行处理,一般分为原始数据的收集、数据的规范化及其编码、数据输入、_____和数据输出。
6. 数据独立性分为逻辑独立性与物理独立性。当数据的存储结构改变时,其逻辑结构可以不变,因此,基于逻辑结构的应用程序不必修改,称为_____。
7. 数据的不一致性是指_____。
8. 数据处理是对各种类型的数据进行_____、_____、分类、计算、加工、检索和传输的过程。
9. 数据库系统中对数据库进行管理的核心软件是_____。
10. 英文缩写'DBMS'的中文含义是_____。DBMS 主要由_____、存储管理器和事务管理器三部分组成。
11. 在数据库管理系统提供的数据定义语言、数据操纵语言和数据控制语言中,_____负责数据的模式定义与数据的物理存取构建。

第二章 数据库技术基础知识

一、学习要点

1. 了解基本的数据模型。基本的数据模型包括层次模型、网状模型和关系模型。

2. 掌握关系模型及其性质,关系模型的主要名词包括关系、元组、属性、域、关键字。

3. 掌握关系的基本运算,关系操作有代数方法和逻辑方法两种,前者也称为关系代数,这同我们在高等数学中集合的并、差、交和笛卡尔积运算方法相同,还有特殊的投影、选择、联接、除等关系运算;后者也称为关系演算,它通过元组必须满足的谓词公式来表达查询要求。

4. 了解数据库设计过程,数据库设计的首要任务是分析在数据库中必须保留什么信息以及该信息各成份之间有着怎样的联系,即数据库的结构。数据库的结构也称为数据库模式,通常用适合这种设计的某种语言或表示法加以说明,把设计固定为一种程式,再把按这种格式进行的设计输入到 DBMS 中,这时数据库就有了具体的存在形式,完成了数据组织的工作。数据库设计表达的方式目前主要有实体—联系(E-R)模型。

5. 掌握 E-R 图的基本概念和设计,实体联系图由实体集、属性和联系 3 个主要部分组成。

二、习　题

一、选择题

1. 目前三种基本的数据模型是_____。
   A. 层次模型、网络模型、关系模型　　　B. 对象模型、网络模型、关系模型
   C. 网络模型、对象模型、层次模型　　　D. 层次模型、关系模型、对象模型

2. Visual FoxPro 是一个_____。
   A. 数据库系统　　　　　　　　　　　B. 数据库管理系统
   C. 数据库　　　　　　　　　　　　　D. 数据库管理员

3. VFP 是一种_____模型的数据库管理系统。
   A. 层次　　　　　　B. 网络　　　　　　C. 对象　　　　　　D. 关系

4. 如果一个班只能有一个班长,而且一个班长不能同时担任其他班的班长,班级和班长两个实体之间的关系属于_____。

A. 一对一联系　　　B. 一对二联系　　　C. 多对多联系　　　D. 一对多联系

5. 设有部门和职员两个实体,每个职员只能属于一个部门,一个部门可以有多名职员,则部门与职员实体之间的联系是_____类型。

A. m:n　　　　　B. 1:m　　　　　C. m:k　　　　　D. 1:1

6. 实体模型反映实体及实体之间的关系,是人们的头脑对现实世界中客观事物及其相互联系的认识,而_____是实体模型的数据化,是观念世界的实体模型在数据世界中的反映,是对现实世界的抽象。

A. 逻辑模型　　　B. 关系模型　　　C. 数据模型　　　D. 概念模型

7. 概念模型是按用户的观点对数据建模,它是对现实世界的第一层抽象。下列各项中属于概念模型的是_____。

A. 物理模型　　　B. 关系模型　　　C. E-R 模型　　　D. 逻辑模型

8. E-R 图是 E-R 模型的图形表示法,它是表示概念模型的有力工具。在 E-R 图中,实体之间的联系用_____表示。

A. 矩形框　　　　B. 菱形框　　　　C. 圆形框　　　　D. 椭圆形框

9. 关系模型的基本结构是_____。

A. 二维表　　　　B. 树形结构　　　C. 无向图　　　　D. 有向图

10. 关系型数据库采用_____表示实体和实体间的联系。

A. 对象　　　　　B. 字段　　　　　C. 二维表　　　　D. 表单

11. 实体是信息世界的术语,与之对应的数据库术语是_____。

A. 文件　　　　　B. 数据库　　　　C. 记录　　　　　D. 字段

12. 下列说法中,不正确的是_____。

A. 二维表中的每一列均有唯一的字段名

B. 二维表中不允许出现完全相同的两行

C. 二维表中行的顺序、列的顺序均可以任意交换

D. 二维表中行的顺序、列的顺序不可以任意交换

13. 在关系模型中,同一个关系中的不同属性,其属性名_____。

A. 可以相同　　　　　　　　　　　B. 不能相同

C. 可以相同,但数据类型不同　　　D. 必须相同

14. 在下列关系运算中,不改变关系表中的属性个数但能减少元组个数的是_____。

A. 并运算　　　　B. 交运算　　　　C. 投影运算　　　D. 笛卡儿乘积

15. 在下列 4 个选项中,不属于基本关系运算的是_____。

A. 连接　　　　　B. 投影　　　　　C. 选择　　　　　D. 排序

16. 专门的关系运算不包括下列中的_____。

A. 联接运算　　　B. 选择运算　　　C. 投影运算　　　D. 交运算

17. 在关系数据模型中,利用关系运算对两个关系进行操作,得到的结果是_____。

A. 属性　　　　　B. 关系　　　　　C. 元组　　　　　D. 关系模式

二、填空题

1. 数据模型是数据库系统中用于数据表示和操作的一组概念和定义。数据模型通常由三部分组成，即数据结构、数据操作和数据的_____约束条件。

2. 目前较为流行的一种信息模型设计方法称为 E-R 方法，E-R 方法的中文含义为_____。

3. E-R 图是 E-R 模型的图形表示法，它是表示概念数据模型的有力工具。在 E-R 模型中有 3 个基本的概念，即实体、联系和_____，在 E-R 图中它们分别用矩形框、菱形框和椭圆形框来表示。

4. 在数据库设计中广泛使用的概念模型当属"实体-联系"模型（简称 E-R 模型）。E-R 模型中有 3 个基本的概念，它们分别是_____、联系和属性。

5. 在关系数据库中，用来表示实体之间联系的是_____。

6. 从二维表的候选关键字中，选出一个可作为_____。

7. 二维表中能唯一确定记录的一列或多列的组合称为超关键字。若一个超关键字去掉其中任何一个列后不再能唯一确定记录，则称其为_____。

8. VFP 中的数据完整性规则包括：域完整性规则、_____、参照完整性规则和用户自定义完整性规则。

9. 在基本表中，要求字段名_____重复。

10. 关系模型以关系代数理论为基础，并形成了一整套的关系数据库理论——规范化理论。关系规范的条件可以分为多级，每一级称为一个范式，记作 nNF（n 表示范式的级别）。在实际应用过程中（涉设计关系模式时），一般要求满足_____。

11. 关系的基本运算有两类。一是传统的集合计算，包括并、差、交运算；二是专门的关系运算，包括：选择、_____和联接。

12. 关系的基本运算有两类。一类是传统的集合计算，包括并、差、交运算；另一类是专门的关系运算，主要包括_____、投影和联结等。

13. 关系中的每一行称为一个_____，每一列称为一个_____。

14. E-R 图中用_____表示实体集，_____表示联系，_____表示属性。

第三章　Visual FoxPro 语言基础

一、学习要点

1. 掌握 Visual FoxPro 数据库的特点：Visual FoxPro 是一个 32 位的关系型数据库管理系统。

2. 了解数据类型：字符型、数值型、货币型、日期型、日期时间型、逻辑型、浮点型、整型、双精度型、备注型、通用型、二进制字符型、二进制备注型。其中后 7 种浮点型、整型、双精度型、备注型、通用型、二进制字符型、二进制备注型只适用于字段类型，而不适用于内存变量和数组。

3. 主要文件类型：

表 3 - 1　主要文件类型扩展名

CDX	表索引文件	DBC	数据库文件
DBF	表文件	DCX	数据库索引文件
DCT	数据库备注文件	FPT	表备注文件
FRX	报表文件	LBX	标签文件
MPR	菜单生成文件	MNX	菜单文件
PJX	项目文件	PRG	程序文件
QPR	查询文件	SCX	表单文件
VCX	类库文件		

4. 掌握以下基本数据元素：

（1）常量

（2）变量：内存变量、字段变量、数组变量。充分理解 PUBLIC、PRIVATE、LOCAL 作用域的含义，内存变量和字段变量的区别。

（3）表达式

（4）函数

数值函数：ABS()、INT()、MAX()、MIN()、MOD()、ROUND()、SQRT()、RAND()

字符函数：ALLTRIM()、AT()、EMPTY()、TRIM()、LEN()、LEFT()、RIGHT()、SPACE()、SUBSTR()、STUFF()

日期和日期时间函数：DATE()、DATETIME()、DOW()、DAY()、MONTH()、YEAR()、TIME()

数据类型转换函数：ASC()、CHR()、VAL()、STR()、DTOC()、TTOC()、CTOD()、CTOT()

其他函数:BETWEEN( )、TYPE( )、VARTYPE( )、IIF( )、FILE( )、GET-FILE( )、MESSAGEBOX( )、&

(5) 空值:NULL(. NULL.)

5. 掌握以下常用操作命令:

＊和 &.&.、? 和??、CLEAR、QUIT、ACCEPT、INPUT、DIR、MD/RD/CD、COPY FILE/RENAME/DELETE FILE、RELEASE、SET 命令、SCAT-TER FIELD、GATHER FIELD

二、习 题

一、选择题

1. 在 Visual FoxPro 中,存储图像的字段类型应该是_____。
   A. 备注型　　　　B. 通用型　　　　C. 字符型　　　　D. 双精度型

2. 在下面的数据类型中默认值为. F. 的是_____。
   A. 数值型　　　　B. 字符型　　　　C. 逻辑型　　　　D. 日期型

3. 在 Visual FoxPro 中字段的数据类型不可以指定为_____。
   A. 日期型　　　　B. 时间型　　　　C. 通用型　　　　D. 备注型

4. 执行以下代码,m、n、x、y、z 的类型分别为_____。

   m={^2008/4/12 10:20:30 AM}

   n=YEAR(M)

   x=＄100

   y=. F.

   z='06/24/07'

   A. T、N、Y、L、C　　　　　　　　B. T、N、Y、L、D
   C. D、C、N、L、C　　　　　　　　D. D、N、Y、L、D

5. 扩展名为 DBC 的文件是_____。
   A. 表单文件　　B. 数据库表文件　C. 数据库文件　　D. 项目文件

6. 在 Visual FoxPro 中可以用 DO 命令执行的文件不包括_____。
   A. PRG 文件　　B. MPR 文件　　C. FRX 文件　　D. QPR 文件

7. 扩展名为 DBF 的文件是_____。
   A. 表文件　　　　B. 项目文件　　　C. 表单文件　　　D. 菜单文件

8. 扩展名为 MNX 的文件是_____。
   A. 备注文件　　　B. 项目文件　　　C. 表单文件　　　D. 菜单文件

9. 在 Visual FoxPro 中创建项目,系统将建立一个项目文件,项目文件的扩展名是_____。
   A. PRO　　　　　B. PRJ　　　　　C. PJX　　　　　D. ITM

10. 关于 Visual FoxPro 的变量,下面说法正确的是_____。

　　A. 使用一个简单变量之前要先声明或定义

　　B. 数组中各数组元素的数据类型可以不同

　　C. 定义数组以后,系统为数组的每个数组元素赋以数值 0

　　D. 数组元素的下标下限是 0

11. 执行如下命令序列后,最后一条命令的显示结果是_____。

DIMENSION m(2,2)

m(1,1)＝10

m(1,2)＝20

m(2,1)＝30

m(2,2)＝40

? m(2)

　　A. 变量未定义的提示　　　　　　　　B. 10

　　C. 20　　　　　　　　　　　　　　　D. .F.

12. 在 Visual FoxPro 中说明数组的命令是_____。

　　A. DIMENSION 和 ARRAY　　　　B. DECLARE 和 ARRAY

　　C. DIMENSION 和 DECLARE　　　D. 只有 DIMENSION

13. VFP 中,同一个数组中的各元数存放的数据类型_____。

　　A. 必须相同　　　　　　　　　　　B. 只能是 C,D,N 型

　　C. 可以不同　　　　　　　　　　　D. 只能是 C,D,N,L 型

14. 以下关于空值(NULL)的叙述正确的是_____。

　　A. 空值等同于空字符串

　　B. 空值表示字段或变量还没有确定值

　　C. VFP 不支持空值

　　D. 空值等同于数值 0

15. Visual FoxPro 内存变量的数据类型不包括_____。

　　A. 数值型　　　　B. 货币型　　　　C. 备注型　　　　D. 逻辑型

16. 如果有定义 LOCAL data,data 的初值是:_____。

　　A. 整数 0　　　　B. 不定值　　　　C. 逻辑真　　　　D. 逻辑假

17. 用 PRIVATE 定义的内存变量是_____

　　A. 私有内存变量　　　　　　　　　B. 全局内存变量

　　C. 局部内存变量　　　　　　　　　D. 普通内存变量

18. 用 LOCAL 定义的内存变量是_____

　　A. 私有内存变量　　　　　　　　　B. 全局内存变量

　　C. 本地内存变量　　　　　　　　　D. 普通内存变量

19. 有如下赋值语句,结果为"大家好"的表达式是_____。

    a="你好"

    b="大家"

  A. b+at(a,1)   B. b+right(a,1)

  C. b+left(a,3,4)   D. b+right(a,2)

20. 下列表达式中,表达式返回结果为 . f. 的是_____。

  A. AT("A","BCD")   B. "[信息]" $ "管理信息系统"

  C. ISNULL(. null.)   D. SUBSTR("计算机技术",3,3)

21. 在下面的 Visual FoxPro 表达式中,运算结果不为逻辑真的是_____。

  A. empty(space(0))   B. like("xy * ","xyz")

  C. at("xy","abcxyz")   D. isnull(. null.)

22. 设 x="11",y="1122",下列表达式结果为假的是_____。

  A. NOT(x==y)AND(x $ y)   B. NOT(x $ y)OR(x<>y)

  C. NOT(x>=y)AND(x $ y)   D. NOT(x $ y)

23. 假设职员表已在当前工作区打开,其当前记录的"姓名"字段值为"张三"(字符型,宽度为6)。在命令窗口输入并执行如下命令:

    姓名=姓名-"您好"

    ? 姓名

  那么主窗口中将显示_____。

  A. 张三   B. 张三　您好   C. 张三您好   D. 出错

24. 在 Visual FoxPro 中,宏替换可以从变量中替换出_____。

  A. 字符串   B. 数值

  C. 命令   D. 以上 3 种都可能

25. 在 Visual FoxPro 中,下面 4 个关于日期或日期时间的表达式中,错误的是_____。

  A. {^2002.09.01 11:10:10AM}-{^2001.09.01 11:10:10AM}

  B. {^01/01/2002}+20

  C. {^2002.02.01}+{^2001.02.01}

  D. {^2002/02/01}-{^2001/02/01}

26. 在下面的表示中,运算结果为逻辑真的是_____。

  A. EMPTY(. null.)   B. LIKE("edit"," edi?")

  C. AT("a","123abc")   D. EMPTY(SPACE(10))

27. 下列表达式中,不符合 Visual FoxPro V6.0 规定的是_____。

  A. [06/24/99]   B. . T. +. t.   C. str(123)   D. X * 3>14

28. 在 Visual FoxPro V6.0 下,下列各表达式不正确的是_____。

  A. 120 + 40=60   B. [888]-[666]

  C. STR(12345)-1   D. CTOD('06/24/00')-21

29. 在表达式 time1＝time2＋x 中,time1,time2 都是日期时间型,则 x 是____
____。

    A. 小时数   B. 分钟数   C. 秒数   D. 毫秒数

30. 下列表达式中,不合法的是_____

    A. {^2005/12/6}＋50   B. {^2005/12/20}－{^2005/12/6}

    C. date()＋CTOD("12/6/2005")   D. DTOC(date())＋"12/6/05"

31. 执行命令? 2E3＋2^3＋50 的结果是_____

    A. 66.00   B. 2056.00   C. 2058.00   D. 错误信息

32. 假定系统日期是 2005 年 5 月 20 日,有如下命令:

a1＝DATE( )＋3

y＝{^2005－05－30}－a1

执行该命令后,y 的值是_____

    A. 2005   B. 2003   C. 3   D. 7

33. x＝10,语句? VARTYPE("x")的输出结果是_____。

    A. N   B.   C. 10   D. X

34. 依次执行以下命令后的输出结果是_____。

        SET DATE TO YMD

        SET CENTURY ON

        SET CENTURY TO 19 ROLLOVER 10

        SET MARK TO ". "

        ? CTOD("49－05－01")

    A. 49.05.01   B. 1949.05.01   C. 2049.05.01   D. 出错

35. 下列函数中函数值为字符型的是_____。

    A. DATE()   B. TIME()   C. YEAR()   D. DATETIME()

36. 表达式 LEN(SPACE(0))的运算结果是_____。

    A. . NULL.   B. 1   C. 0   D. ""

37. 执行下列程序后,屏幕上显示的结果为_____。

        SET TALE OFF

        CLEAR

        x＝"18"

        y＝"2E3"

        w＝"ABC"

        ? VAL(x)＋VAL(y)＋VAL(w)

    A. 2018.00   B. 18. 00   C. 20. 00   D. 错误信息

38. 在 Visual FoxPro V6.0 下,下列各式运算结果是逻辑真的是_____

    A. EMPTY(. NULL.)   B. 1＋2==4

C. EMPTY(SPACE(6))   D. AT("a","123abc")

39. 表达式:ROUND(168.98,0)＜INT(168.98)的结果为_____。
     A. .t.   B. t   C. f   D. .f.

40. 设 x=168,y=69,z="x-y",表达式 1+&z 的值是_____。
     A. 1+x+y   B. 169   C. 100   D. 数据类型不匹配

41. 下列函数中,返回值为字符型的函数是_____。
     A. DOW()   B. AT()   C. CHR()   D. VAL()

42. 运行下列程序后,屏幕上的显示内容是_____。
y=DTOC(DATE(),1)
y=. NULL.
? TYPE("y")
     A. C   B. D   C. L   D. .NULL.

43. 从内存中清除内存变量的命令是_____。
     A. Release   B. Delete   C. Erase   D. Destroy

44. 如果从键盘上输入一个表达式,应该使用_____命令。
     A. ACCEPT   B. WAIT   C. INPUT   D. COUNT

45. INPUT 命令可以接受用户输入的_____。
     A. 数值   B. 字符串
     C. 日期   D. 以上 3 种都可以

46. 执行下列程序,输出结果为_____。
SET EXACT ON
a="ni"+SPACE(2)
IF a=="ni"
  ? "A"
ELSE
  IF a="ni"
    ? "B"
  ELSE
    ? "C"
  ENDIF
ENDIF
     A. A   B. B   C. C   D. .F.

二、填空题

1. T 型字段的宽度系统固定为_____个字节。

2. TIME()的值是_____类型。

3. Visual FoxPro V6.0 的内存变量共有 6 种类型,它们分别是_____。

4. 在 Visual FoxPro 中,数据库表 S 中通用型字段的内容将存储在_____文件中。

5. Visual FoxPro6.0 是一个_____位的数据库管理系统。

6. 自由表的扩展名是_____。

7. 把当前表当前记录的学号,姓名字段值复制到数组 A 的命令是 SCATTER FIELD 学号,姓名_____。

8. 在 Visual FoxPro 中说明数组后,数组的每个元素在未赋值之前的默认值是_____。

9. 常量.n.表示的是_____型的数据。

10. 表示"1962 年 10 月 27 日"的日期常量应该写为_____。

11. 执行命令 A＝2005/4/2 之后,内存变量 A 的数据类型是_____型。

12. 表达式{^2005-1-3 10:0:0}-{^2005-10-3 9:0:0}的数据类型是_____。

13. 若在一个运算表达式中,a. 逻辑运算、b. 关系运算和 c. 算术运算混合在一起,其中不包括括号,它们的运算顺序是_____。

14. left("123456789",len("数据库"))的计算结果是_____。

15. 函数 between(40,34,54)的运算结果是_____。

16. 表达式 STUFF("GOODBOY",5,3,"GIRL")的运算结果是_____。

17. ? AT("EN",RIGHT("STUDENT",4))的执行结果是_____。

18. 字符串长度函数 LEN(SPACE(5)-SPACE(3))的值是_____。

19. 设定 Visual FoxPro 的默认路径为 D:\data,使用命令_____。

三、实　验

实验一　常量的使用

目的和要求

通过本次实验,掌握各种常量的表示方式,包括输入和输出。

实验准备工作

(1) 在 D 盘新建文件夹 data。

(2) 启动 VFP6.0,在命令窗口中输入"SET DEFAULT TO D:\data",设置默认路径,如图 3-1 所示。

实验内容

在命令窗口中依次输入、执行下列命令,并注意在 VFP 主窗口中查看结果。

CLEAR

? 3.1416

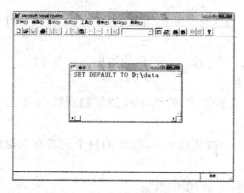

图 3-1 VFP 操作界面

? 3E2

? MYM100

? "江苏大学"

? ′Visual Foxpro ′

? ［Visual Foxpro］

?. T.

?. F.

?. Y.

?. N.

? {^2008/04/12}

? {^2008/04/12 10:11:30 AM}

SET STRICTDATE TO 0   && 不要求严格的日期格式

? {2007/04/12}

SET DATE TO LONG   && 设定日期的显示格式

? {2007/04/12}

实验二 变量的使用

目的和要求

通过本次实验,掌握内存变量和数组变量的使用以及变量的作用域。

实验准备工作

(1) 在 D 盘新建文件夹 data。

(2) 启动 VFP6.0,在命令窗口中输入"SET DEFAULT TO D:\data",设置默认路径。

实验内容

1. 简单变量,在命令窗口中依次输入、执行命令,并注意在 VFP 主窗口中查看结果。

```
CLEAR
cvar="VFP"
? cvar
? cvar,m. cvar,m—>cvar      && 变量的 3 种访问方式
STORE 1 TO nvar1,nvar2
? nvar1,nvar2
cvar=nvar1
? cvar1,nvar1,nvar2
```

2. 数组,在命令窗口中依次输入、执行命令,并注意在 VFP 主窗口中查看结果。

```
CLEAR
DIMENSION abc[3]
? abc[1],abc[2],abc[3]
abc[1]=1
abc[2]=2
? abc[1],abc[2],abc[3]
abc=10
? abc[1],abc[2],abc[3]
DIMENSION m(2,2)
m(1,1)=10
m(1,2)=20
m(2,1)=30
m(2,2)=40
? m(1,1)
? m(2)                  && 注意二维数组和一维数组的等价
```

实验三 函 数

目的和要求

    通过本次实验,掌握常用函数的使用,注意函数的输入参数和输出结果。

实验准备工作

    (1) 在 D 盘新建文件夹 data。

    (2) 启动 VFP6.0,在命令窗口中输入"SET DEFAULT TO D:\data",设置默认路径。

实验内容

    1. 数值函数,在命令窗口中依次输入、执行函数,并注意在 VFP 主窗口中查看结果。

? ABS(−10)

? INT(2.5)

? FLOOR(2.5)

? CEILING(2.5)

? MAX(10,2,20)

? MIN(10,2,20)

? MOD(5,3)

? MOD(−5,−3)

? MOD(5,−3)

? MOD(−5,3)

? ROUND(1024.196,2)

? ROUND(1024.196,1)

? ROUND(1024.196,0)

? ROUND(1024.196,−2)

? SQRT(4)

? RAND()

? INT(RAND() ∗ 100)

2. 字符函数,在命令窗口中依次输入、执行函数,并注意在 VFP 主窗口中查看结果。

? LEN("Visual FoxPro")

? LEN(SPACE(2)＋"Visual FoxPro"＋SPACE(3))

? LEN(ALLTRIM(SPACE(2)＋"Visual FoxPro"＋SPACE(3)))

? LEN(LTRIM(SPACE(2)＋"Visual FoxPro"＋SPACE(3)))

? LEN(RTRIM(SPACE(2)＋"Visual FoxPro"＋SPACE(3)))

? AT("Fox","Visual FoxPro")

? AT("o","Visual FoxPro")

? AT("o", "Visual FoxPro",2)

? LEFT("ABCD",2)

? LEFT("中国江苏",4)

? LIKE("x ∗ ","xyz")

? LIKE("x?","xyz")

? LIKE("x??","xyz")

? RIGHT("ABCD",2)

? RIGHT("中国江苏",4)

? SUBSTR("ABCDEF",1,2)

? SUBSTR("ABCDEF",3)

? STUFF("goodboy",5,3,"girl")

? EMPTY(SPACE(5))

　3. 日期/时间函数,在命令窗口中依次输入、执行函数,并注意在 VFP 主窗口中查看结果。

? DATE()

? DATETIME()

? TIME()

? DOW(DATE())

? CDOW(DATE())

? DAY(DATE())

? MONTH(DATE())

? CMONTH(DATE())

? YEAR(DATE())

　4. 数据转换函数,在命令窗口中依次输入、执行函数,并注意在 VFP 主窗口中查看结果。

? ASC("BAC")

? CHR(65)

? VAL("13")

? VAL("B13")

? VAL("13B")

? VAL("13E2")

? STR(3.1416,6,4)

? STR(3.1416,3)

? STR(3.1416)

? STR(3.1416,5,4)

? DTOC(DATE())

? DTOC(DATE(),1)

? CTOD("03/18/08")

　5. 其他函数,在命令窗口中依次输入、执行函数,并注意在 VFP 主窗口中查看结果。

? BETWEEN(3,14,15)

? BETWEEN("A","a","p")

? BETWEEN("a","A","b")

? INKEY(20)

? INKEY(0)

? TYPE("34")

? TYPE("TIME()")

? VARTYPE(34)

? VARTYPE(TIME())

? IIF(DOW(DATE())=1 OR DOW(DATE())=7,"今天休息","今天上班")

X="1999"

M="+"

Y="&X. &M. 1"

? Y

? &Y

? FILE("D:\data\xs. dbf")

? GETFILE()

? GETFILE("DBF","文件名")

? MESSAGEBOX("您真的要退出？")

? MESSAGEBOX("您真的要退出？",4+32+0，"对话窗口")

实验四　空　值

目的和要求

　　通过本次实验,掌握空值的使用。

实验准备工作

　　(1) 在 D 盘新建文件夹 data。

　　(2) 启动 VFP6.0,在命令窗口中输入"SET DEFAULT TO D:\data",设置默认路径。

实验内容

　　在命令窗口中依次输入、执行命令,并注意在 VFP 主窗口中查看结果。

? ISNULL(SPACE(0))	&& 结果为. F.
? ISNULL(. F.)	&& 结果为. F.
? ISNULL(0)	&& 结果为. F.
SET STRICT TO 0	&& 不要求严格的日期格式
? ISNULL({})	&& 结果为. F.
? ISNULL(NULL)	&& 结果为. T.
a=10	
a=NULL	
? ISNULL(a)	&& 结果为. T.
? TYPE("a")	&& 结果为 N
? VARTYPE(a)	&& 结果为 X,无任何类型

实验五 精确比较

目的和要求

通过本次实验,掌握 VFP 中=、==以及设置 SET EXACT ON|OFF 命令进行比较的区别。

实验准备工作

(1) 在 D 盘新建文件夹 data。

(2) 启动 VFP6.0,在命令窗口中输入"SET DEFAULT TO D:\data",设置默认路径。

实验内容

在命令窗口中依次输入、执行下列命令,并注意在 VFP 主窗口中查看结果。

```
?"ab  "="ab"              && 结果为. T.
?"ab"="ab  "              && 结果为. F.
SET EXACT ON     && 系统默认是 SET EXACT OFF 状态,用此命令更改为 ON 状态
?"ab  "="ab"              && 结果为. T.
?"ab"="ab  "              && 结果为. T.
?"ab"=="ab  "             && 结果为. F.
?"ab"=="ab"               && 结果为. F.
```

实验六 常用操作命令

目的和要求

通过本次实验,初步掌握 VFP 基本操作的一些常用命令的使用。

实验准备工作

(1) 在 D 盘新建文件夹 data。

(2) 启动 VFP6.0,在命令窗口中输入"SET DEFAULT TO D:\data",设置默认路径。

实验内容

在命令窗口中依次输入、执行下列命令,并注意在 VFP 主窗口中查看结果。

```
STORE 10 TO a,b
? a,b
a=20
? a,b
CLEAR
ACCEPT   "请输入字符:" TO c
? c
```

```
INPUT "请输入表达式:" TO x
? x
WAIT "谢谢!"  WINDOWS
WAIT "谢谢!"  WINDOWS  TIMEOUT 2
WAIT "请输入字符:"  WINDOWS TO x
DIR D:\data\ * . *
MD xyz
RD xyz
RELEASE a,b,c,x      && 释放内存变量 a,b,c,x
? DATE()
SET CENTURY ON
SET DATE YMD
SET MARK TO ". "
? DATE()
QUIT
```

第四章　数据表、库操作

一、学习要点

1. 理解表的基本结构(表名、属性、记录、行、列、元组、属性值、关键字等)的相关概念。

2. 掌握创建表的几种方式(菜单方式、项目管理器方式、命令方式),重点掌握 CREATE　TABLE-SQL 创建表的命令。

3. 掌握打开表的几种方式(菜单方式、项目管理器方式、命令方式),重点掌握打开表的命令方式。

4. 掌握关闭表的几个命令:(1) USE [IN 工作区号|<表别名>],(2) CLOSE TABLES [ALL] ,(3) CLOSE ALL

5. 理解工作区的概念,掌握选择工作区的命令:
SELECT<工作区号>|<工作区别名>|<表别名>,测定工作区的函数:
SELECT([0/1/ "表别名"])。

6. 掌握进入表设计器的几种方式:菜单方式、项目管理器方式、命令方式(MODIFY STRUCTURE),以及在表设计器中修改表结构的操作。

7. 掌握使用 ALTER TABLE-SQL 命令修改表结构。

8. 理解表记录的存放结构,重点掌握表记录定位的相关命令和函数。

9. 掌握表记录的显示 LIST/DISPLAY 命令。

10. 掌握设置记录过滤条件和字段筛选。

11. 掌握进入表浏览和编辑窗口中追加记录的操作,重点掌握追加表记录的 APPEND 命令:
APPEND [BLANK][IN 工作区号|别名][NOMENU]
从其他表中追加记录:
APPEND FROM<文件名>[FIELDS<字段表>][FOR<条件>][DE-LIMITED|XLS]

12. 重点掌握插入表记录的 INSERT　INTO　VALUES-SQL 命令
INSERT　INTO 表文件名 (字段名 1[,字段名 2][,......]) VALUE (字段值表达式 1,[字段值表达式 2][,......])

13. 掌握成批修改表记录的命令(REPLACE 和 UPDATE-SQL 命令)。

14. 掌握删除表记录的操作和命令(DELETE、RECALL、PACK 和 ZAP 命令)。

15. 掌握复制表的命令(复制表结构 COPY STRUCTURE TO,复制表内容 COPY TO)。

16. 掌握数据的统计的命令(COUNT、SUM 和 AVERAGE)。

17. 理解数据缓冲的几种方式:无缓冲、保守式行缓冲、开放式行缓冲、保守式表缓冲、开放式表缓冲。

18. 理解索引的机制及作用,掌握索引文件的分类(结构化复合索引文件、非结构化复合索引文件、独立索引文件)和索引的分类(主索引、候选索引、普通索引、唯一索引)。

19. 掌握在表设计器中创建索引,正确理解排序、索引名、表达式、筛选的含义及操作要求。

20. 重点掌握建立多重索引表达式的书写方法及相应的两个数据类型转换函数:STR()、DTOC()。

21. 掌握创建索引文件的命令(INDEX ON)以及索引的使用(打开表的同时指定主控索引、打开表后再设置主控索引)。

22. 掌握索引定位 SEEK 命令和 SEEK 函数;表的其他相关函数(FCOUNT()、ALIAS()、FIELD()、USED()、DELETE())。

23. 理解项目管理器的功能和作用,掌握项目管理器相关的操作。

24. 掌握数据库的创建与使用。

25. 掌握数据库表的字段扩展属性(格式、输入掩码、标题、字段注释和字段有效性规则)及其设置方法。

26. 掌握记录有效性规则和触发器概念及其设置方法。

27. 掌握表之间关系的创建与修改,相关表之间的参照完整性的设置。

28. 掌握使用 DBGETPROP() 和 DBSETPROP() 函数查看和设置数据库属性的方法。

二、习 题

一、选择题

1. 在 VFP 中,逻辑型字段 L 和日期型字段 D 在表中的宽度分别是_____。
   A. 1 个字节和 4 个字节　　　　B. 4 个字节和 8 个字节
   C. 2 个字节和 8 个字节　　　　D. 1 个字节和 8 个字节

2. 关于表的备注型字段与通用型字段,以下叙述中错误的是_____。
   A. 字段宽度都不能由用户设定
   B. 都能存储文字和图象数据
   C. 字段宽度都是 4
   D. 存储的内容都保存在与表文件名相同的 .FTP 文件中

3. 表(table)是存储数据的容器。在下列关于 VFP 表的叙述中,错误的是:_____。

A. 系统默认的表文件扩展名为.dbf

B. 利用表设计器创建表结构时,系统默认的字符型字段宽度为10

C. 表可分为数据库表和自由表

D. 表文件名命名上只要遵循操作系统的规定,VFP本身无任何规定

4. 用户在创建某个表的结构时,使用了通用型字段且为表创建了索引,则在保存该表结构后,系统会在磁盘上生成_____个文件。

    A. 1   B. 2   C. 3   D. 4

5. 在VFP中,表结构中的逻辑型、通用型、日期型字段的宽度由系统自动给出,他们分别是_____。

    A. 1、4、8   B. 4、4、10   C. 1、20、8   D. 2、8、8

6. 执行如下一段程序后,浏览窗口中显示的表及当前工作区号分别是_____。

```
CLOSE    ALL
USE    xs
SELECT  3
USE    js
USE    kc   IN   0
BROWSE
```

    A. kc、2   B. js、3   C. kc、3   D. js、2

7. 以下命令中记录指针为按物理位置移动的是_____。

    A. GO TOP   B. GO BOTTOM   C. GO N   D. SKIP N

8. 在定义表结构时,以下哪一组数据类型的字段的宽度都是固定的_____。

    A. 字符型、货币型、数值型   B. 字符型、备注型、二进制备注型

    C. 数值型、货币型、整型   D. 整型、日期型、日期时间型

9. 同一个数据表文件全部备注字段的内容存储在_____。

    A. 不同的备注文件   B. 同一个文本文件

    C. 同一个备注文件   D. 同一个数据库文件

10. 用表设计器创建一个自由表时,不能实现的操作是_____。

    A. 设置某字段可以接受NULL值

    B. 设置表中某字段的类型为通用型

    C. 设置表中某个字段为索引关键字的候选索引

    D. 设置表中某字段的默认值

11. 可以链接或嵌入OLE对象的字段类型是_____

    A. 备注型字段   B. 通用型和备注型字段

    C. 通用型字段   D. 任何类型字段

12. 复制表文件的结构使用_____命令。

    A. APPEND   B. DISPLAY

    C. COPY　STRUCTURE　　　　D. TYPE

13. 设当前表中共有 10 条记录,当前记录号是 3,执行命令 LIST　REST 后,所
　　显示记录的记录号范围是_____。
　　A. 3~5　　　　　B. 4~10　　　　C. 3~10　　　　D. 4~6

14. 若为 xs. dbf 表添加一个宽度为 6 的字符型字段 mc,以下命令中正确的是
　　_____。
　　A. ALTER　TABLE　xs　ADD　mc　C(6)
　　B. ALTER　xs　ADD　COLUMN　mc　C(6)
　　C. ALTER　TABLE　xs　ALTER　mc　C(6)
　　D. ALTER　TABLE　xs　ADD FIELD mc　C(6)

15. 将"学生"表中班级字段(C 型)的宽度由原来的 8 改为 12,正确的命令是
　　_____。
　　A. ALTER　TABLE　学生　ALTER　班级 C(12)
　　B. ALTER　TABLE　学生　DROP FIELDS　班级 C(12)
　　C. ALTER　TABLE　学生　ADD　班级 C(12)
　　D. ALTER　TABLE　学生　ADD FIELDS　班级 C(12)

16. MODIFY STRUCTURE 命令的功能是_____。
　　A. 修改记录值　　　　　　　　　B. 修改表结构
　　C. 修改数据库结构　　　　　　　D. 修改数据库或表的结构

17. 若要将 xs 表中的 xm 字段更名为 mc,以下命令中正确的是_____。
　　A. ALTER TABLE　xs　RENAME　xm　TO　mc
　　B. ALTER　xs　RENAME　xm　TO　mc
　　C. ALTER TABLE　xs　RENAME xm　mc
　　D. ALTER TABLE　xs　RENAME　xm　INTO　mc

18. 将 xs 表中班级字段删除,正确的命令是_____。
　　A. ALTER　TABLE　xs　ALTER　班级
　　B. ALTER　TABLE　xs　DROP　FIELDS　班级
　　C. ALTER　TABLE　xs　ADD　班级
　　D. ALTER　TABLE　xs　DROP COLUMN　班级

19. VFP 中关于索引标识名的叙述不正确的是_____。
　　A. 索引名只能包含字母、汉字、数字和下划线
　　B. 索引名可以与字段名同名
　　C. 组成索引名的长度不受限制
　　D. 索引名的第一个字符不可以为数字符号

20. 以下关于工作区的说法不正确的是_____。
　　A. 每个工作区中只能打开一个表文件,但能打开多个索引文件

B. VFP 共有 32767 个工作区

C. SELECT 0 命令是选择未被使用的最小工作区为当前工作区

D. SELECT(1)返回当前工作区号

21. 执行下列一组命令之后,选择"学生"表所在工作区的错误命令是_____。

CLOSE ALL

USE 教师 IN 0

USE 学生 IN 0

    A. SELECT 学生   B. SELECT 0   C. SELECT 2   D. SELECT B

22. 打开 xs 表的命令是_____。

    A. USE xs   B. USE TABLE xs

    C. OPEN xs   D. OPEN TABLE xs

23. 以下不是关闭表的命令是_____。

    A. USE   B. USE ALL

    C. CLOSE ALL   D. CLOSE TABLES

24. 表文件 gz 已经打开,为了确保指针定位在物理记录号为 1 的记录上,应该使用命令_____。

    A. GO TOP   B. GO BOTTOM C. SKIP 1   D. GO 1

25. 打开只有一条记录的表,分别用函数 EOF()和 BOF()测试,其结果一定是_____。

    A. .T. 和 .T.   B. .F. 和 .F.   C. .T. 和 .F.   D. .F. 和 .T.

26. 打开一个空表,分别用函数 EOF()和 BOF()测试,其结果一定是_____。

    A. .T. 和 .T.   B. .F. 和 .F.   C. .T. 和 .F.   D. .F. 和 .T.

27. 设当前表文件中有日期型字段"日期"和逻辑型字段"代培否"(其值为 T,表示代培)。不能显示当前表中所有 1988 年后出生的非代培学生的记录的命令是_____。

    A. LIST FOR   出生日期>={^1988-01-01}. AND. .NOT. 代培否

    B. LIST FOR   YEAR(出生日期)>=1988. AND. .NOT. 代培否

    C. LIST FOR   YEAR(出生日期)>="1988". AND. 代培否

    D. DISP FOR   出生日期>={^1988-01-01}. AND. .NOT. 代培否

28. 浏览 xb 为女的字段 xh 和 xm 的所有记录,且不可修改,只能追加或删除,并将浏览窗口标题命名为"女学生",应使用命令_____。

    A. BROWSE xh,xm FOR xb="女"

    B. BROWSE FIELDS xh,xm FOR xb="女" NOMODIFY TITEL "女学生"

    C. BROWSE FIELDS xh,xm FOR xb="女" NOREAD TITEL "女学生"

    D. BROWSE FIELDS xh,xm FOR xb＝"女" FREEZE xm,xh
        TITEL "女学生"

29. 学生表 xs 的表结构为:学号(xh,C,6),姓名(xm,C,8),出生日期(csrq,D,8)性别(xs,L,1),入学成绩(rxcj,N,5,1),用 INSERT 命令向 xs 表添加一条新记录,记录内容为:

xh	xm	csrq	xh	rxcj
984461	李小平	1985/12/12	. T.	510

下列命令中正确的是_____。

    A. INSERT INTO xs VALUES("984461","李小平",{∧1985/12/12},. T. ,510)

    B. INSERT TO xs VALUES("984461","李小平",{∧1985/12/12},. T. ,510)

    C. INSERT INTO xs VALUES(984461,李小平,1985/12/12,. T. ,510)

    D. INSERT TO xs VALUES(984461,李小平,1985/12/12,. T. ,510)

30. 对 xsb 表进行删除全部记录的操作,下列 4 组命令中功能等价的是_____。

    a DELETE ALL

    b DELETE ALL

       PACK

    c ZAP

    d 把 xsb. dbf 文件拖放到回收站中

    A. a、b、c   B. c、d   C. b、c   D. b、c、d

31. 当 RECALL 命令不带任何范围和条件时,表示_____。

    A. 恢复所有带删除标记的记录

    B. 恢复从当前记录以后所有带删除标记的记录

    C. 恢复当前记录

    D. 恢复从当前记录开始第一条带删除标记的记录

32. 当前打开的图书表中有字符型字段"图书号",要求将图书号以字母 A 开头的图书记录全部打上删除标记,通常可以使用_____。

    A. DELETE FOR 图书号＝"A"

    B. DELETE WHILE 图书号＝"A"

    C. DELETE FOR LIKE("A＊",图书号)

    D. DELETE FOR LIKE("A?",图书号)

33. 删除当前表中全部记录的命令是_____。

    A. ERASE ＊. ＊   B. DELETE ＊. ＊

    C. ZAP   D. CLEAR ALL

34. 若要删除当前表中某些记录,应先后使用的两条命令是_____。

    A. DELETE-ZAP   B. DELETE-PACK

C. ZAP-PACK　　　　　　　　D. DELETE-RECALL

35. 已经打开表 xs,其中有出生年月(日期型)和年龄(数值型)字段,要计算每个职工今年的年龄并把其值填入年龄字段中,应使用命令_____。

A. REPLACE　年龄 WITH　YEAR(DATE())－YEAR(出生年月)

B. REPLACE　ALL 年龄 WITH　YEAR(DATE())－YEAR(出生年月)

C. REPLACE　ALL 年龄 WITH　DATE()－出生年月

D. REPLACE　ALL 年龄 WITH　DTOC(DATE()－DTOC(出生年月))

36. gz(工资)表中有 jbgz(基本工资)、zc(职称)字段,要给所有职称为教授或副教授的人员每人基本工资增加 300 元,不可以使用的命令是_____。

A. UPDATE　gz　SET　jbgz＝jbgz＋300　WHERE　"教授" $ zc

B. UPDATE　gz　SET　jbgz＝jbgz＋300　WHERE　RIGHT(zc,4)＝"教授"

C. REPLACE　ALL　jbgz　WITH　jbgz＋300　FOR　zc＝"教授" OR zc＝"副教授"

D. UPDATE　gz　SET　jbgz＝jbgz＋300　WHERE　zc＝"教授" OR zc＝"副教授"

37. 用 SQL 命令将学生表 stu 中的学生年龄 age 字段的值增加 1 岁,应该使用的命令是_____。

A. REPLACE age WITH age＋1　　B. UPDATE stu age WITH age＋1

C. UPDATE SET age WITH age＋1　　D. UPDATE stu SET age＝age＋1

38. 以下关于 LOCATE 命令表述正确的是_____。

A. LOCATE 命令是进行索引查询

B. 使用该命令前必须建立相应的索引

C. 该命令是查找并定位在指定范围满足条件的第一条记录上

D. 其后面只能跟一个 CONTINUE 命令

39. 在 Visual FoxPro 中,使用 LOCATE FOR＜expl＞命令按条件查找记录,当查找到满足条件的第一条记录后,如果还需要查找下一条满足条件的记录,应该使用_____。

A. 再次使用 LOCATE FOR＜expl＞命令

B. SKIP 命令

C. CONTINUE 命令

D. GO 命令

40. 在创建表索引时,索引表达式可以包含表的一个或多个字段。在下列字段类型中,不能直接选作索引表达式的是_____。

A. 货币型　　　　B. 日期时间型　　C. 逻辑型　　　　D. 备注型

41. 如果要对自由表某一字段的数据建立唯一性保护机制(即表中所有字段的

值不重复），以下表述中正确的是_____。

    A. 对该字段创建主索引   B. 对该字段创建唯一索引

    C. 对该字段创建候选索引   D. 对该字段创建普通索引

42. 创建索引时必须定义索引名。定义索引名时，下列叙述中不正确的是_____。

    A. 索引名只能包含字母、汉字、数字符号和下划线

    B. 组成索引名的长度受限制

    C. 索引名不可以与字段名同名

    D. 索引名的第一个字符不可以为数字符号

43. 对于自由表而言，不能创建的索引类型是_____。

    A. 主索引   B. 候选索引   C. 普通索引   D. 唯一索引

44. 下列描述中错误的是_____。

    A. 组成主索引的关键字或表达式在表中不能有重复的值

    B. 主索引只能用于数据库表，但候选索引可用于自由表和数据库表

    C. 唯一索引表示参加索引的关键字或表达式在表中只能出现一次

    D. 在表设计器中只能创建结构复合索引文件

45. 下列关于表的索引的描述中，错误的是_____。

    A. 复合索引文件的扩展名为.CDX

    B. 结构复合索引文件随表的打开自动打开

    C. 当对表进行编辑修改时，系统对其结构复合索引文件中的索引自动维护

    D. 每张表只能创建一个主索引和一个候选索引

46. 打开表并设置当前有效索引（相关索引已建立）的正确命令是_____。

    A. ORDER student IN 2 INDEX 学号   B. USE student IN 2 ORDER 学号

    C. INDEX 学号 ORDER student   D. USE student IN 2

47. 有一学生表文件，且通过表设计器已经为表建立了若干普通索引。其中一个索引的索引表达式为姓名字段，索引名为 xm。现假设学生表已经打开，且处于当前工作区中，那么可以将上述索引设置为当前索引的命令是_____。

    A. SET INDEX TO 姓名   B. SET INDEX TO xm

    C. SET ORDER TO 姓名   D. SET ORDER TO xm

48. 用命令"INDEX ON TAG index_name"建立索引，其索引类型是_____。

    A. 主索引   B. 候选索引   C. 普通索引   D. 唯一索引

49. 若所建立索引的字段值不允许重复，并且一个表中只能创建一个，它应该是_____。

    A. 主索引   B. 候选索引   C. 普通索引   D. 唯一索引

50. 用命令"INDEX ON 姓名 TAG index_name UNIQUE"建立索引，其索引类型是_____。

    A. 主索引   B. 候选索引   C. 普通索引   D. 唯一索引

51. VFP 中若要将当前工作区中打开的表文件 gzb.dbf 复制到 C 盘根目录下生成一个文件名为 gzb1 的 EXCEL 的文件,则可以使用命令_____。

   A. COPY　gzb.dbf　TO　C:\gzb1.sls

   B. COPY　TO　C:\gzb1.xls

   C. COPY　TO　C:\gzb1.xls　TYPE　SDF

   D. COPY　TO　C:\gzb1　TYPE　XLS

52. 下列命令中_____不可在共享方式下运行。

   A. APPEND　　　B. PACK　　　C. LIST　　　D. BROWSE

53. 已知 zg 表中有 gzrq(工作日期),将 zg 表中所有工作年龄超过 55 的职工记录加注删除标记,则可以使用命令_____。

   A. DELETE　FROM　zg　WHERE (DATE()−gzrq)/365>55

   B. DELETE　zg　WHERE (DATE()−gzrq)/365>55

   C. DELETE　zg　WHERE (YEAR(DATE())−YEAR(gzrq))>55

   D. DELETE　FROM　zg　FOR (DATE()−gzrq)/365>55

54. 已知在 zgqk 表中存在字段 gzrq(工作日期,D)和 gzze(工资总额,N),为 zgqk 表建立索引,要求先根据 gzrq 排序,相同时再根据 gzze 排序,则索引表达式为_____。

   A. DTOC(gzrq,1) + SUBS(gzze,1)

   B. DTOC(gzrq) + STR(gzze)

   C. DTOC(gzrq,1) + gzze

   D. DTOC(gzrq,1) + STR(gzze)

55. 以下说法错误的是_____。

   A. 基于索引关键字,SEEK 命令可以进行记录的定位

   B. SEEK 命令能在一张表中搜索表达式出现的任意次记录

   C. SEEK 命令可以用于数据库表和自由表

   D. SEEK 命令只能基于索引关键字进行搜索

56. 在 Visual FoxPro 中创建数据库后,系统自动生成的 3 个文件的扩展名分别为_____。

   A. .PJX、.PJT、.PRG　　　　　　　B. .DBC、.DCT、.DCX

   C. .FPT、.FRX、.FXP　　　　　　　D. .DBC、.SCT、.SCX

57. 数据库(DataBase)是许多相关的数据库表及其关系等对象的集合。在下列关于 VFP 数据库的叙述中,错误的是_____。

   A. 可以用命令新建数据库

   B. 创建数据库表之间创建"一对多"永久关系时,主表必须用主索引或候选索引

   C. 从项目管理器中可以看出,数据库包含表、视图、查询、连接和存储过程

D. 创建数据库表之间的永久性关系,一般是在数据库设计器中进行

58. 下列关于数据库的描述中,不正确的是_____。

    A. 数据库是一个容器,它提供了存储数据的一种体系结构

    B. 数据库表和自由表的扩展名都是 DBF

    C. 数据库表的表设计器和自由表的表设计器是不相同的

    D. 数据库表的记录保存在数据库中

59. 打开一个数据库,执行_____命令。

    A. OPEN   DATABASE   B. USE

    C. CLEAR   D. CLOSE

60. 下列关于数据库、表和视图操作的叙述中,错误的是_____。

    A. 关闭一个数据库,将自动关闭其所有已打开的数据库表

    B. 关闭一个视图所对应的基表,将自动关闭该视图

    C. 打开一张数据库表,将自动打开其所对应的数据库

    D. 关闭一个视图,不会自动关闭其所对应的基表

61. 关于数据库的操作,下列叙述中正确的是_____。

    A. 数据库被删除后,它包含的数据库表也随之被删除

    B. 打开了新的数据库,则原先打开的数据库将被关闭

    C. 数据库被关闭后,它所包含的已打开的数据库表被关闭

    D. 数据库被删除后,它所包含的表可以自动地变成自由表

62. 数据库中添加表的操作时,下列叙述中不正确的是_____。

    A. 可以将一个自由表添加到数据库中

    B. 可以在项目管理器中将自由表拖放到数据库中

    C. 可以将一个数据库表直接添加到另一个数据库中

    D. 欲使一个数据库表成为另一个数据库的表,则必须先使其成为自由表

63. 字段和记录的有效性规则值保存在_____。

    A. 表的索引文件中   B. 表文件中

    C. 项目文件中   D. 数据库文件中

64. 数据库表可以设置字段有效性规则,字段有效性规则属于域完整性范畴,其中的"规则"是一个_____。

    A. 逻辑表达式   B. 字符表达式   C. 数值表达式   D. 日期表达式

65. 数据库表的字段扩展属性中,通过把_____设置为 A,可以限制字段的内容仅为英文字母。

    A. 字段格式   B. 输入掩码

    C. 字段标题和注释   D. 字段级规则

66. 数据库表可以设置字段有效性规则,字段有效性规则属于_____。

    A. 实体完整性范畴   B. 参照完整性范畴

C. 数据一致性范畴 D. 域完整性范畴

67. 如果一个数据库表的 DELETE 触发器设置为.F.,则不允许对该表作_____
的操作。

    A. 修改记录 B. 增加记录 C. 删除记录 D. 显示记录

68. 对于数据库表的 INSERT 触发器,_____触发该规则。

    A. 在表中增加记录时 B. 在表中修改记录时

    C. 在表中删除记录时 D. 在表中浏览记录时

69. 数据库表之间创建的永久性关系是保存在_____。

    A. 数据库表中 B. 数据环境设计器中

    C. 表设计器中 D. 数据库中

70. 要在两张相关的表之间建立永久关系,这两张表应该是_____。

    A. 同一个数据库内的两张表 B. 两张自由表

    C. 一张自由表,一张数据库表 D. 任意两张数据库表或自由表

71. 如果要在数据库的两张表之间建立永久关系,则至少要求在父表的结构复
合索引文件中创建一个_____,在子表的结构复合索引文件中创建任何类
型的索引。

    A. 主索引 B. 候选索引

    C. 主索引或候选索引 D. 唯一索引

72. 下列关于表之间的永久性关系和临时性关系的描述中,错误的是_____。

    A. 永久性关系只能建立于数据库表之间,而临时性关系可以建立于各种表
之间

    B. 表关闭之后临时性关系消失

    C. 如果数据库表之间存在永久性关系,只要打开表,永久关系就起作用

    D. VFP 中临时性关系不保存在数据库中

73. 当成功执行以下一组命令后,下列不正确的说法是_____。

    OPEN DATABASE jxsj

    OPEN DATABASE rsda

    A. 由于打开了第二个数据库 rsda,而关闭了 jxsj 数据库

    B. 当前数据库是 rsda

    C. 表达式 DBUSED("jxsj") AND DBUSED("rsda") 的值为.T.

    D. 当再执行 CLOSE DATABASES 命令后,jxsj 库没有被关闭

74. 表之间的"一对多"关系是指_____。

    A. 一个表与多个表之间的关系

    B. 一个表中的记录对应另一个表中的多个记录

    C. 一个表中的记录对应多个表中的一个记录

    D. 一个表中的记录对应多个表中的多个记录

75. 设计数据库时,可使用纽带表来处理表与表之间的_____。
    A. 多对多关系　　B. 临时性关系　　C. 永久性关系　　D. 继承关系

76. 为了设置两个表之间的数据参照完整性,要求这两个表是_____。
    A. 没有限制　　　　　　　　　　B. 两个自由表
    C. 一个自由表和一个数据库表　　D. 同一个数据库中的两个表

77. 对于 VFP 中的参照完整性规则,下列叙述中错误的是_____。
    A. 更新规则是当父表中记录的关健字值被更新时触发
    B. 删除规则是当父表中记录被删除时触发
    C. 插入规则是当父表中插入或更新记录时触发
    D. 插入规则只有两个选项:限制和忽略

78. 参照完整性的作用是_____控制。
    A. 字段数据的输入
    B. 记录中相关字段之间的数据有效性
    C. 表中数据的完整性
    D. 相关表之间的数据一致性

79. 在 VFP 中,如果指定两个表的参照完整性的删除规则为"级联",则当删除父表中的记录时,_____。
    A. 系统自动备份父表中被删除记录到一个新表中
    B. 若子表中有相关记录,则禁止删除父表中记录
    C. 若子表中有相关记录,自动删除子表中所有相关记录
    D. 不作参照完整性检查,删除父表记录与子表无关

80. Visual FoxPro 系统中,对数据库表设置参照完整性规则时,"更新规则"选择了"限制"选项后,则:
    A. 在更新父表的关键字的值时,新的关键字值更新子表中的所有相关记录
    B. 在更新父表的关键字的值时,若表中有相关记录则禁止更新
    C. 在更新父表的关键字的值时,若子表中有相关记录则允许更新
    D. 在更新父表的关键字的值时,不论子表中是否有相关记录,都允许更新

81. 参照完整性是用来控制数据的一致性。在 Visual FoxPro 系统中,系统提供的参照完整性机制不能实现的是_____。
    A. 设置"更新级联":更新主表主关键字段的值,用新的关键字值更新子表中所有相关记录
    B. 设置"删除级联":主表可以任意的删除记录,同时删除子表中所有相关记录
    C. 设置"删除限制":若子表中有相关记录,则主表禁止删除记录
    D. 设置"插入级联":主表插入新的记录后,在子表自动插入相应的记录

82. 如果一张表的字段级规则、记录级规则以及更新触发器都与同一个字段有

关,则在修改此字段的值后,_____ 将先起作用。

A. 记录规则　　　B. 更新触发器　　　C. 字段规则　　　D. 不能确定

83. 表之间的"临时性关系",是在两个打开的表之间建立的关系。如果两个表中有一个被关闭,则该"临时性关系"_____。

A. 消失　　　　　　　　　　B. 永久保留

C. 转化为永久关系　　　　　D. 临时保留

84. 建立两张表之间的临时关系时,必须设置的是_____。

A. 主表的主索引

B. 主表的主索引和子表的主控索引

C. 子表的主控索引

D. 主表的主控索引和子表的主控索引

85. 在数据库 jxsj. dbc 中,要获得表 js. dbf 字段 gh 的标题,先打开该数据库,并设为当前数据库,再用函数 DBGETPROP(_____,"FIELD","CAPTION")。

A. js. gh　　　　B. gh　　　　C. "js. gh"　　　　D. "gh"

二、填空题

1. 在 VFP 中,一张二维表存放在磁盘中的形式可能有两种,分别是_____和_____。

2. 在 VFP 中所谓自由表就是那些不属于任何_____的表。

3. VFP 系统中,自由表的字段名、表的索引标识名至多只能有_____个字符。

4. 在 VISUAL FOXPRO 中,通用型字段 G 和备注型字段 M 在表中的宽度都是_____。

5. 用户在创建某个表的结构时,使用了通用型字段且为表创建了索引,则在保存该表结构后,系统会在磁盘上生成_____个文件。

6. 用 CREATE TABLE-SQL 命令创建数据库表 XS. DBF,表结构为:字段名、字段类型、字段宽度分别为:XH /C/6,XM/C/ 8,NL/N/2,请把下述命令写完整:
CREATE TABLE xs _____

7. 已知 xs(学生)表的结构如下:

xs 表结构

字段名	类型	长度	中文含义
xh	字符	12	学号
xm	字符	8	姓名
xb	字符	2	性别
csrq	日期	8	出生日期
zzmm	逻辑	1	政治面貌
jl	备注	4	个人简历

下列命令用来创建 xs 表的结构,请将它完善:

CREATE _____ xs;

(xh C(12),xm C(8), xb C(2),csrq D, _____ ,jl M)

8. 执行以下命令后,系统可以设置_____个字段接受 NULL 值,分别是_____和_____字段。

SET NULL ON

CREATE TABLE zg(gh C(6),xm C(8) NOT NULL,csrq D NULL)

9. 用户使用 CREATE TABLE-SQL 命令创建表的结构,字段类型必须用单个字母表示:对于双精度型字段,字段类型用单个字母表示时为_____。

10. 将 xsda 表文件中的学号字段(xh,C,8)的宽度修改为 10,可执行命令:

ALTER TABLE xsda ____ COLUMN xh C(10)

11. 从表 xs 中删除 bj 字段用命令_____。

12. 使用一条命令关闭非当前工作区中表 js,可用命令:USE _____ js。

13. 插入一条记录到 xs 表中,学号、入学成绩分别是"990441"和 99,SQL 语句是_____。

14. 在 Visual FoxPro 中选择一个没有使用的、编号最小的工作区的命令是(关键字必须拼写完整)_____。

15. 使用 USE 命令可以打开或关闭表。如果 xs 表已经在第一号工作区中打开,则要在第 10 号工作区中再次打开 xs 表则使用命令 USE xs _____ IN 10。

16. 若已经为在当前工作区中打开的表设置了主控索引,将记录指针移动到物理顺序的第一条记录,所用的命令为 GOTO 1,而将记录指针移动到逻辑顺序的首记录,所使用的命令为____。

17. 设 js 表(教师表)的结构及 js 表所包含的记录如下:

js. dbf		
字段名	数据类型	含义
gh	C(4)	工号
xm	C(8)	姓名
xb	C(2)	性别
jbgz	N(7,2)	基本工资
hf	L	婚否(.T. 为已婚)

js. dbf				
gh	xm	xb	jbgz	hf
A001	王芳	女	3000	.T.
B001	李伟	男	2000	.T.
A002	高进	男	1500	.T.
A003	刘芳	女	3000	.T.
C001	赵辉	男	1500	.F.

运行下列程序段后,显示输出的 3 行结果分别为:_____,_____,_____。

```
USE js
m1=xm
m2=LEN(xb)
? m1+SPACE(2)+IIF(hf,"已婚","未婚")
m3=0
```

```
SCAN
    m3＝m3＋jbgz
    SKIP
ENDSCAN
? m3
m4＝STR(RECCOUNT())
? m4
```

18. 已知 xs 表按 xh 字段升序建立索引标识 xh,数据如下:

记录号	xh	xm	xb	csrq
1	970002	李一	男	11/12/85
2	970004	王二	男	09/10/86
3	970001	张小丽	女	12/11/84
4	970003	赵芳	男	10/12/85

则一次执行命令后,屏幕上显示的结果为:_____、_____、_____

```
USE xs ORDER xh
GO TOP
SKIP
? RECNO()
GO BOTTOM
? RECNO()
GO 3
? RECNO()
```

19. 某教学管理数据库中有一张学生表,其表结构及其所含的记录数据如下所示:

学号(xh/C/6)	姓名(xm/C/6)	性别(xb/C/2)	日期(rq/D)
010201	王玲	女	06/02/82
010203	李勇	男	06/09/82
010202	张山	男	02/08/81
010301	刘芳	女	09/08/83
010402	王勇敢	男	02/28/82
010302	李园园	女	12/12/81
010401	张勇	男	10/09/82

运行以下程序后,VFP 主窗口显示的结果是_____。

```
SET TALK OFF
n＝0
CLEAR
GO TOP
```

```
DO WHILE  ! EOF()
   IF AT("勇",xm)>0
      n=n+1
    ENDIF
    SKIP
ENDDO
? n
```

20. 给出程序,xs 表共有 10 条记录,请写出结果_____。

```
USE  xs
? RECNO(),BOF()
SKIP -1
? RECNO(),BOF()
GO 4
? RECNO()
SKIP
SKIP -3
? RECNO()
GO BOTTOM
? RECNO(),EOF()
SKIP
? RECNO(),EOF()
```

21. 在 VFP 中,使用 LOCATE ALL FOR<条件>时,若查不到记录,函数 EOF()的值为_____。

22. 用 LIST 命令显示表中记录时系统会自动地在记录前显示记录号。要取消记录号的显示,可在 LIST 命令后加子句_____。

23. 在 VFP 的许多命令中都可含有作用范围子句,包括 ALL、NEXT、_____、_____。

24. 若 xs.dbf 表中含有 10 个字段且已在当前工作区中打开,则仅浏览表中 xh、xm、xb 这 3 个字段的数据,可用:BROWSE _____ 或 SELECT xh,xm,xb FROM xs 命令。

25. 使用 SET FILTER TO 命令所设置的过滤器,对 DELETE-SQL 命令、UP-DATE-SQL 命令及____命令不起作用。

26. 在当前被打开的表的末尾添加一条或多条记录,使用命令应为_____。

27. 将"新建文件夹"下的 stu 表中的 xh,xm 和 xb 字段的记录追加到当前打开的表中。应用命令_____。

28. 使用以下命令可以过滤对做了删除标记的记录进行操作:SET _____ ON。

29. 不带条件的 DELETE 命令(非 SQL 命令)将删除指定表的_____记录。

30. 设有订单表 order(其中包括签订日期字段,D 型),删除 2002 年 1 月 1 日前签订的记录,正确的 SQL 命令是 DELELTE FROM order _____

_____。

31. 已知教师表(js. dbf)中有工号(gh/C/10)、姓名(xm/C/8)、工龄(gl/N/2/0)、出生日期(csrq/D/8)等字段,要删除教师表中年龄在 65 岁及以上的教师记录,可使用的命令为

DELETE FROM js WHERE _____。

32. 请写出删除 js 表中基本工资(gz)在 400 元以下所有记录的 DELETE-SQL命令_____。

33. 已知教师表 js. dbf 的表结构如下表所示:

js 表结构

字段名	类型	字段宽度	小数位数	字段含义
gh	C	10		工号
xm	C	8		姓名
gl	N	2	0	工龄
jbgz	N	7	2	基本工资

要求:按如下条件更改基本工资(jbgz)

工龄在 15 年以下(含 15 年)者基本工资加 250

工龄在 15 年以上(不含 15 年)者基本工资加 400

用如下命令来完成:

UPDATE js ____ jbgz=IIF(_____,_____,_____)。

34. js 表中有 jbgz,csrq 等字段,若要将所有工龄大于等于 30 年的工资加 100,请写出两种命令方式:_____,_____

_____。

35. 要实现对 js 表所有记录的工龄(gl)增加 1,其 UPDATE-SQL 命令为_____。

36. VFP 支持 3 种不同的索引文件:结构复合索引文件、非结构复合索引文件和_____。

37. 打开一个表时,_____索引文件将自动打开,表关闭时它将自动关闭。

38. 数据库中的每一个表能建立_____个主索引。

39. 对于已打开的多个索引,每次只有一个索引对表起作用,这个索引称为_____。

40. 同一个表的多个索引可以创建在一个索引文件中,索引文件名与相关的表同名,索引文件的扩展名是_____,这种索引文件称为_____文件。

41. 在 xs 表中已建立以 xm(字符型)和 csrq(日期型)为字段表达式的索引,索

引名分别为 xm 和 csrq,现需要先以 xm 为索引顺序,xm 相同时再以 csrq 为索引顺序,索引表达式为_____。

42. 在 VFP 中通过建立主索引或候选索引来实现_____完整性约束。

43. 在 VFP 中,主索引可以保证数据的_____完整性。

44. 二维表中能唯一确定记录的一列或多列的组合称为超关键字。若一个超关键字去掉其中任何一个列后不再能唯一确定记录,则称其为_____。

45. VFP 中若要将当前工作区中打开的表文件 xs. dbf 中 xh 和 xm 字段复制到 C 盘根目录下生成一个文件名为 xs1 的文本文件,则可以使用命令_____。

46. 执行以下命令:

USE xs SHARED

USE xs AGAIN IN 2 EXCLUSIVE

后 xs 表的打开方式为_____。

47. 执行下列命令:

SET EXCLUSIVE OFF

USE js

USE xs EXCLUSIVE IN 0

后 js 表的打开方式是_____,xs 表的打开方式是_____。

48. 在多用户环境下,VFP 系统以两种锁定方式提供缓冲,即开放式和_____。

49. 执行以下命令:

USE xs

? ALIAS()

USE xs AGAIN IN 5

? ALIAS(5)

USE xs AGAIN IN 15

? ALIAS(15)

后,结果是_____。

50. 利用 COPY 命令可以将当前工作区中的表复制成分隔文件(一种 ASCII 文件)。若当前工作区中已打开 xs 表,则使用命令 COPY TO xyz _____可以将 xs 表复制成文件 xyz. txt。

51. 向当前表增加一条空记录使用的命令是_____。

52. 在 xs 表中有字段 csrq(出生日期,D)、xb(性别,C)、cj(成绩,N),统计所有年龄小于 18 岁学生的人数并保存到变量 a1 中,使用的命令是_____;统计所有学生不及格成绩的总和并保存到变量 a2 中,使用的命令是_____;统计所有学生的平均年龄并保存到变量 a3 中,使用的命令是_____。

53. 在表 test 中,有两个字段分别是 gzrq(工作日期,D)和 csrq(出生日期,D),要求先根据工作日期排序,相同时再根据出生日期排序,则索引表达式为＿＿＿＿＿＿。

54. 若 SEEK 找到了与索引关键字相匹配的记录,则 FOUND()值为＿＿＿＿＿＿,BOF()值为＿＿＿;若 SEEK 没有找到记录,则 RECNO()值为＿＿＿＿＿＿。

55. 数据库是一种数据容器。从项目管理器窗口看,数据库可以包含的子项有:表、＿＿＿＿＿＿、远程视图、连接和存储过程。

56. 数据库一般要求有最小的冗余度,是指数据尽可能＿＿＿＿＿＿。数据库的资源＿＿＿＿＿＿,即数据库以最优的方式服务于一个或多个应用程序。数据库的数据＿＿＿＿＿＿,即数据的存储尽可能独立于使用它的应用程序。

57. 假定有 3 个数据库文件:mydata1,mydata2,mydata3,它们分别存放在 C 盘的 data 目录,D 盘的 data 目录,A 盘的 data 目录,完善下列程序:

OPEN DATABASE C:\data\mydata1

OPEN DATABASE D:\data\mydata2

OPEN DATABASE A:\data\mydata3

＿＿＿＿＿＿＿＿＿＿＿＿＿＿＿＿＿＿＿

? DBC()

使得程序执行以后,DBC()函数的值为 D:\data\mydata2.dbc。

58. 向数据库中添加表是把自由表添加到数据库中,使之成为数据库表。这一操作的本质是建立了库与表之间的＿＿＿＿＿＿。

59. 数据库表和数据库之间的相关性是通过表文件和库文件之间的双向链接实现的。双向链接包括前链和后链。其中,＿＿＿＿＿＿＿＿是保存在数据库文件中的有关表文件的路径和文件名信息,＿＿＿＿＿＿是保存在表头中的拥有该表的数据库文件的路径和库文件名信息。

60. 假设 js 表所从属的数据库文件被意外删除,则可以使用＿＿＿＿＿＿ TABLE js 命令删除存储在 js 表中的后链。

61. 为 xs 表的 nl 字段设置范围在 17 至 26 之间,则该字段的验证规则应为＿＿＿＿＿＿。

62. 如需要为 xs 表的 cj 字段设置字段验证规则,应在 0 和 100 之间,则对应的命令为:＿＿＿＿＿＿ TABLE xs ALTER COLUMN cj ＿＿＿＿＿＿(cj＞＝0 AND cj＜＝100)

63. 触发器是一种检查表中记录数据有效性的机制。包括＿＿＿＿＿＿、＿＿＿＿＿＿和＿＿＿＿＿＿。

64. 在 xs 表中设计学号(xh)的更新条件为开头 2 位只能是"00"至"05"之间,则应在＿＿＿触发器中输入＿＿＿＿＿＿＿＿＿＿＿。

65. 在设置表之间的参照完整性规则时,系统给定的更新和删除规则有 3 个,即级联、限制和忽略,而插入规则仅有 2 个,即_____和_____。

66. 某公司商品数据库中包含供应商表和商品表,表结构如下所示:

供货商表的表结构			商品表的表结构		
字段名	数据类型	宽度	字段名	数据类型	宽度
供应商 ID	N	8	产品 ID	N	8
公司名称	C	40	产品名称	C	40
联系人	C	30	供应商 ID	N	8
地址	C	60	类别	C	20
城市	C	10	单位数量	N	6
邮政编码	C	6	单价	N	7,2
电话	C	24	库存量	N	8

商品表的主关键字是"产品 ID",供应商表的主关键字是"供应商 ID",这两个表存在一对多关系,且所有的商品都是来自已知的供应商。其中主表是供应商表。如果要在这两个表之间建立永久关系,则应在主表中以_____字段为索引关键字建立主索引,在子表中以_____字段为索引关键字建立普通索引。以上两个表的部分记录如下所示。建立的参照完整性规则为:更新级联、删除限制、插入限制。就表中已知的数据而言,如果把供应商表中记录号为 125 的记录的"供应商 ID"字段值更改为 2037,则商品表中会有____条记录被更改。

供货商表数据

记录号	供应商 ID	公司名称	联系人	地址	城市	邮政编码	电话
125	2034	佳佳乐	陈小姐	西大街 10 号	北京	100023	(010)65552222
126	3028	富康食品	黄小姐	幸福街 90 号	北京	100045	(010)65554822
127	3475	福满多	胡先生	前进街 22 号	福建	848100	(0544)5603237

商品表数据

记录号	产品 ID	产品名称	供应商 ID	类别	单位数量	单价	库存量
356	11	苹果汁	2034	饮料	每箱 24 瓶	18.00	96
357	20	牛奶	2034	饮料	每箱 24 瓶	19.00	4
358	23	番茄酱	3475	调味品	每箱 12 瓶	10.00	120
359	34	麻油	3028	调味品	每箱 12 瓶	21.30	36
360	39	海苔酱	3028	调味品	每箱 24 瓶	21.05	33
361	46	肉松	3028	调味品	每箱 24 瓶	17.00	58
362	50	龙虾	3475	海鲜	每袋 500 克	6.00	308

67. 已知某数据库中有学生表和成绩表,且两表之间已经建立了参照完整性(学生表为主表,成绩表为子表)。如果将学生表中某位学生的记录删除,要求该学生在成绩表中的所有成绩记录自动删除,则两表之间的参照完整性的_____应设置为_____。

68. 若当前数据库中有一个名为 xs 的表,则利用函数设置该表注释为"学生基本情况表"的命令为：=DBSETPROP("xs",_____,"comment","学生基本情况表")。

69. 在 VFP 中，_____是保存在数据库中的过程代码，它由一系列用户自定义函数（过程）或在创建表之间参照完整性规则时系统创建的函数（过程）组成。

三、实　验

实验一　项目管理器和表的创建

实验目的和要求

通过本次实验，掌握项目文件的建立和基本操作，表文件的建立、修改和输入数据。

实验准备工作

(1) 从"我的电脑"中进入 D 盘，在根目录下建立 data 文件夹；

(2) 启动 VFP6.0，将 D:\data 设置为默认盘符路径，在命令窗口中输入 SET DEFAULT TO D:\data

实验内容

1. 创建项目文件

(1) 在文件菜单中点击"新建"按钮得到如图 4-1。

(2) 选择"项目"选项，点击"新建文件"进入如图 4-2 创建窗口，在项目文件中输入 jwgl，点击"保存"进入如图 4-3 的项目管理器，同时在 D:\data 中生成 jwgl.pjx 和 jwgl.pjt 项目文件。

图 4-1　新建文件

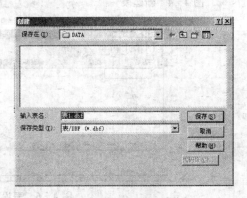

图 4-2　创建项目文件

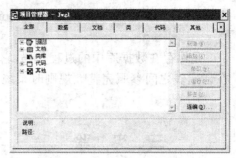

图 4-3　项目文件

2. 创建表并输入数据

根据表 4-1 数据,通过表设计器创建 xs. dbf(学生表),并输入全部数据(备注字段和通用字段只输入前 3 条记录数据)。创建 xs. dbf(学生表)的步骤如下:

(1) 在项目管理器中点击"数据"标签,选择"自由表",点击右边"新建"按钮,进入如图 4-4 所示新建表窗口。

(2) 点击"新建表",进入如图 4-5 所示创建窗口,在"输入表名"右边文本框中将"表1. dbf"改为"xs. dbf",点击"保存"按钮,进入到如图 4-6 表设计器中。

图 4-4　新建表

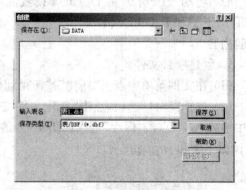

图 4-5　创建项目文件

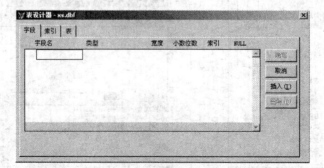

图 4-6　表设计器

（3）在表设计器中分别输入表 4－1 的字段名（注意字段名为字母）、类型、宽度的数据，最后点击"确定"按钮完成表结构创建。结果如图 4－7 所示。

表 4－1　xs 表各字段结构表

字段意义	字段名	类型及宽度	索引类型
姓名	xm	C/8	
学号	xh	C/6	候选索引
性别	xb	C/2	
出生日期	csrq	D	普通索引
外语	wy	N/1	
籍贯	jg	C/10	
入学成绩	rxcj	N/5/1	普通索引
电话号码	dhhm	C/13	
婚否	hf	L/1	
简历	jl	M G	
照片	zp		

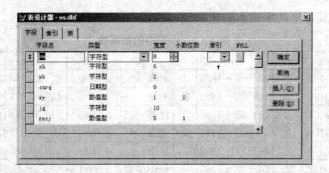

图 4－7　设置各字段结果

（4）在创建表结构中点击"确定"按钮后出现如图 4－8 所示提示窗口，点击"是（Y）"，进入数据编辑窗口如图 4－9 所示。

图 4－8　选择是否输入数据

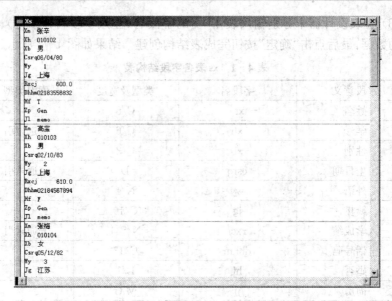

图 4 - 9 编辑窗口

（5）在其对应的字段名右边分别输入表 4 - 2 的数据。

表 4 - 2 xs 表中的数据表

xm	xh	xb	csrq	wy	jg	rxcj	dhhm	hf	jl	zp
张辛	010102	男	04—06—1980	1	上海	600	02183556832	T		
高宝	010103	男	10—02—1983	2	上海	610	02184567894	F		
张梅	010104	女	12—05—1982	3	江苏	540	051184368446	F		
李娜	010105	女	10—12—1984	2	北京	580	00183457767	F		
李宁	020501	男	08—11—1982	1	北京	575	00134566566	F		
高夏	050307	男	24—08—1983	3	江苏南京	564	02534656656	F		
王海涛	020308	男	25—09—1984	1	江苏扬州	575	05124554665	F		
柳宝	030307	女	12—07—1985	3	江苏苏州	569	051056887667	F		
李枫	030502	女	08—07—1985	2	上海	540	02134346655	T		
任民	020305	男	30—10—1986	1	山东青岛	580	04389677867	F		
林一风	010101	男	23—12—1986	1	上海	570	02184566776	T		
高平	020304	男	23—01—1986	2	江苏苏州	600	05108547787	F		
朱元	020302	男	22—03—1986	1	上海	561	02188988767	T		
刘欣	020402	女	20—04—1986	2	广东深圳	580	075588797959	F		
李玲	020306	女	18—03—1984	3	上海	564	02189867799	F		
张甜甜	080101	女	23—12—1990	1	上海	556	02134653434	F		
刘维民	080102	男	20—10—1999	1	上海	530	02134653443	F		

其中 csrq 字段为日期型，要按"月/日/年"的格式输入数据。JL 数据为备注型，双击"memo"可进入 JL 数据编辑窗口，输入数据后点击，回到记录数据编辑窗口。zp 字段为通用型，双击"gen"进入照片编辑窗口，可从其他画图软件中复

制图片,直接在该窗口点击"粘贴"输入图片;也可以如图4-10所示,点击"编辑"菜单中的"插入对象",按向导输入图片。点击"编辑"菜单中的"清除"可将当前记录的图片清除。编辑好图片后点击,回到记录数据编辑窗口。

图4-10　录入通用字段数据

编辑窗口是在列中输入记录,如果要在行中输入记录,可点击"显示"菜单中的"浏览"变成如图4-10的窗口输入方式,逐行输入数据。

如果退出浏览、编辑窗口后,需要再输入数据,可以在项目管理器中选择 XS 表文件后,点击项目管理器右边的"浏览"按钮,然后再点击"显示"菜单中的"追加方式",即可以继续输入数据。

如果需要修改表结构,可以在项目管理器中选择 xs 表文件后,点击项目管理器右边的"修改"按钮,进入表设计器修改表结构。

(6)根据表4-3、表4-4所示的表结构通过表设计器分别创建 cj.dbf(成绩表)、kc.dbf(课程表)和 txl(通讯录表)。

表4-3　cj 表结构

字段意义	字段名	类型/宽度/小数	索引类型
学号	xh	C/6	普通索引
课程代号	kcdh	C/4	普通索引
成绩	cj	N/3	
工号	gh	C/5	

表4-4　kc 表结构

字段意义	字段名	类型/宽度/小数	索引类型
课程代号	kcdh	C/4	候选索引
课程名称	kcm	C/18	
学时数	kss	N/3	普通索引
工号	bxk	L	
学分	xf	N/3/1	

(7) 为各个表输入相应数据。cj. dbf(成绩表)数据如表 4－5 所示,kc. dbf
(课程表)数据如表 4－6 所示。txl. dbf 自行设计,txl(通讯录表)的创建与 xs.
dbf 类同。

表 4－5 cj 表的数据

xh	kcdh	cj	gh	xh	kcdh	cj	gh
010101	01	75	A0001	020501	02	76	A0002
010103	01	56	A0001	020501	05	76	D0003
010105	01	56	A0001	020305	05	61	D0003
010101	02	72	A0002	020305	06	90	B0001
010103	02	78	A0002	010101	09	57	H0001
010102	03	82	A0004	010103	10	66	A0005
010101	04	85	D0001	010104	04	91	G0001
010102	04	48	D0001	010105	08	83	E0003
010101	05	82	D0003	010105	07	81	B0005
010102	05	82	D0003	020308	07	60	B0005
010103	05	94	D0003	020308	08	72	E0003
010101	06	43	B0001	020308	09	81	H0001
010102	06	82	B0001	010104	01	56	D0002
010103	06	41	B0001	010105	04	91	G0001
010101	07	61	B0005	010105	05	83	D0003
010103	07	84	B0005	010105	06	38	B0001
010101	08	76	E0003	010104	07	77	B0005
010103	08	85	E0003	010104	09	56	D0004
020308	01	56	A0001	020306	08	76	E0003
020308	02	80	A0002	020302	10	67	A0001
020308	03	80	A0004	020501	10	24	A0001
020308	05	82	D0003	020501	09	82	A0001
020304	04	93	D0001	020305	07	75	B0005
020304	05	95	D0003	030307	05	70	D0003
020304	06	84	B0001	030307	07	72	B0005
020302	01	56	A0004	010104	05	85	D0003
020302	02	62	A0002	010104	02	55	A0002
020302	03	82	A0004	010104	06	91	B0001
020302	06	76	B0001	010102	09	24	A0005
020306	04	91	D0001	010104	08	77	E0003
020306	06	84	B0001	020402	07	58	B0005
030502	01	56	D0002	020402	09	34	A0002
030502	06	86	B0001	020304	09	67	A0002

表 4-6　kc 表数据

kcdh	kcm	kss	bxk	xf
01	大学计算机文化	60	T	2
02	程序设计（VFP）	90	T	6
03	管理信息系统	45	T	3
04	数据库组成原理	60	T	4
05	数据结构	60	T	4
06	英语	75	T	5
07	大学语文	30	F	2
08	高等数学	90	T	6
09	信息学	60	T	4
10	JAVA 网页设计	30	T	2

3. 利用 CREATE TABLE-SQL 命令创建表结构

（1）在命令窗口中输入命令：

CREATE TABLE student　（xh C(6)，xm C(8)，csrq D，xb L，cj N(5,1)，jl M，zp G）

（2）关闭所有表、项目管理器，退出 VFP，将 D 盘下面的 data 文件夹拷贝回自己的 U 盘。

实验二　表文件的基本操作

实验目的和要求

通过本次实验，掌握表文件的打开、关闭，表结构修改，表记录数据显示、定位、浏览、追加等操作。

实验准备工作

（1）将上个实验保存在 U 盘中的 data 文件夹连同数据一起拷贝到 D 盘根目录下。

（2）启动 VFP6.0，将 D:\data 设置为默认盘符路径，在命令窗口中输入 SET DEFAULT TO D:\data

（3）打开 jwgl 项目文件，进入 jwgl 项目管理器。

实验内容

1. 为表添加字段

（1）在命令窗口执行命令，将 student 表在表设计器中打开

　　USE student

　　MODIFY STRUCTURE

（2）进入表设计器，选择需要增加 dhhm 字段的位置，点击"插入"按钮，在出现"新字段"的位置，分别在字段名、类型、宽度的位置输入 dhhm、字符型、13。

点击退出，自动保存所增加的字段。

2. 利用 ALTER TABLE-SLQ 命令修改字段宽度

（1）在命令窗口中输入命令：ALTER TABLE student ALTER xh c(10)

（2）在命令窗口中执行 MODIFY STRUCE 命令，进入表设计器查看 xh 字段的变化。

3. 利用 ALTER TABLE-SLQ 命令为表添加字段

（1）在命令窗口中输入命令：ALTER TABLE student ADD jtdz c(20)

（2）在命令窗口中执行 MODIFY STRUCE 进入表设计器查看是否增加一个 jtdz 字段。

4. 用 ALTER TABLE-SLQ 命令删除表中字段以及修改字段名

（1）在命令窗口中输入命令：ALTER TABLE student DROP cj

（2）在命令窗口中输入命令：ALTER TABLE student RENAME csrq TO rxrq

（3）进入表设计器查看相应字段变化。

5. 显示记录

（1）打开 xs 表

（2）在命令窗口中分别输入命令，查看相应的结果：

```
USE xs
LIST RECORD 5
GO 6
LIST NEXT 3
GO 5
LIST REST
LIST ALL
LIST ALL FOR LEFT(xh,2)="01"
LIST ALL FOR rxcj>=500 AND rxcj<=500
```

执行的结果将显示该表第 5 条记录、6～8 条记录、第 5 条记录以后的记录、全部记录，显示所有 xh 前两位为 01 的记录，显示入学成绩在 500～600 分之间的记录。

6. 记录定位及其相应的函数的使用

（1）打开 xs 表。

（2）执行以下命令，查看结果。

```
USE xs              GO TOP
LIST                SKIP-1
? EOF()             ? BOF()
? RECNO()           ? RECNO()
SKIP 3              ? SELE()
```

```
LIST NEXT 2                    GO 2
? RECNO()                      ? RECNO()
GO BOTTOM                      SELE 1
SKIP 1                         ? RECNO()
? EOF()                        ? SELE("xs")
? RECNO()                      ? SELE("xscj")
SELE 2                         ? USED("cj")
USE cj  ALIAS xscj             ? USED("xscj")
```

（3）执行如下命令,查看其结果

```
USE xs                         BROWSE
SET FIELDS TO   xm,xh,xb       GO 5
LIST  NEXT 3                   DISP NEXT 3
GO 5                           SET FILTER  TO xb='男'
DISP NEXT 3                    LIST,xm,xh,xb
BROWSE                         SET FILTER TO
SET FIELD TO ALL
```

7. 利用 APPEND MEMO 命令追加备注型字段的内容

（1）建立一个 a1.txt 的文本文件,用 APPEND MEMO 命令将其内容追加到 XS 表的简历字段中。

（2）在命令窗口中输入命令:MODIFY COMMAND a1.txt,即可创建文本文件。在 a1.txt 窗口中输入相应简历的内容,关闭 a1.txt 窗口。

（3）执行命令 GO 1,将记录指针指到第一条记录。

（4）在命令窗口中输入:APPEND MEMO jl FROM a1.txt。

（5）进入 xs 表查看第一条记录的 jl 字段是否增加了 a1.txt 中的内容。

8. 用 APPEND GENERAL 命令追加通用型字段的内容

（1）在命令窗口输入 APPEND GENERAL 2P FROM a1.bmp。

（2）查看第一条记录的 zp 字段是否增加了 a1.bmp 中的图片。

9. 利用 BROWSE 命令在浏览窗口中显示记录

（1）在命令窗口中输入命令:

BROWSE FIELDS xm,xh,xb,csrq FOR YEAR(csrq)>=1984 AND xb="男"

或:BROWSE FIELDS xm,xh,xb,csrq FOR csrq>={^1984-01-01} AND xb="男"

（2）查看是否显示 xs 表中所有 84 年后出生,性别为男的学生姓名、学号、性别、出生日期。

（3）命令窗口输入命令:BROWSE FOR xb="男" LOCK 3

（4）查看是否显示 xs 表中性别为男的所有学生的记录,并将其前 3 个字段锁定。

10. 利用 COPY STRUCTURE 命令复制表结构

(1) 打开 xs 表。

(2) 在命令窗口输入命令:COPY STRUCTURE TO xs1

(3) 打开 xs1 表,在表设计器中查看 xs1 的表结构,观察其是否和 xs 表结构相同。

11. 利用 APPEND BLANK 命令追加记录

(1) 在命令窗口中输入命令:USE xs1,打开 xs1 表。

(2) 命令窗口中输入命令:APPLEND BLANK

(3) 在浏览窗口中将以下数据输入到空记录中:

xm	xh	xb	hf	csrq	rxcj	Jg
王小刚	060101	男	F	1985—04—12	600	辽宁省沈阳市

12. 利用 APPEND FROM 命令追加记录

(1) 打开 xs1 表。

(2) 命令窗口输入命令:APPEND FROM xs FOR YEAR(csrq)>=1984

(3) 到浏览窗口中查看 xs1 的表记录。

(4) 关闭所有表、项目管理器,退出 VFP,将 D 盘 data 文件夹拷贝回自己的 U 盘。

实验三 表文件的基本操作和索引的创建和使用

目的和要求

通过本次实验,掌握表记录数据删除、插入、成批修改等操作,掌握索引文件的创建和使用。

实验准备工作

(1) 将上个实验保存在 U 盘中的 data 文件夹连同数据一起拷贝到 D 盘根目录下。

(2) 启动 VFP6.0,将 D:\data 设置为默认盘符路径,在命令窗口中输入 SET DEFAULT TO D:\data

(3) 打开 jwgl 项目文件,进入 jwgl 项目管理器。

实验内容

1. 复制表

(1) 打开 xs 表。

(2) 在命令窗口中输入命令:COPY TO xs2,对 xs 表复制生成 xs2.dbf 文件。

2. 利用 DELETE 命令对记录做删除标志

(1) 在命令窗口中输入命令:USE xs2

（2）在命令窗口中输入命令：DELETE ALL FOR YEAR(csrq)>=1985

（3）浏览查看各记录删除标记情况。

3. 恢复做了删除标志的记录以及删除做了删除标志的记录

（1）打开 xs2 表

（2）在命令窗口中输入命令：RECALL FOR xm="李宁"

（3）命令窗口中输入命令：PACK

（4）浏览查看结果。

4. 利用 DELETE FROM-SQL 命令做删除标志

（1）在命令窗口中输入命令：DELETE FROM xs2 WHERE xb="男"

（2）浏览 xs2 表查看效果。

5. 利用 INSERT INTO-SQL 命令增加记录到 xs2. dbf 表中

（1）在命令窗口中输入命令：

INXERT INTO xs2（xm,xh,xb,hf,csrq,rxcj）;

VALUE("张池"," 060203"," 女",. T. ,{^1983—09—16},560)

（2）浏览 xs2 表查看效果。

6. 利用 REPLACE 命令修改记录

（1）打开 xs2 表。

（2）在命令窗口中输入命令：REPLACE ALL rxcj WITH rxcj+5 FOR xb="女"

（3）浏览 xs2 表查看效果。

7. 利用 UPDATE-SQL 命令修改记录

（1）在命令窗口中输入命令：

DPDATE xs2 SET jg="江苏省"+SUBSTR(jg,5) WHERE LEFT (jg,4)="江苏"

（2）浏览 xs2 表查看效果。

8. 索引的新建

在表设计器中按实验一中表 2 - 1 给 xs. dbf 表分别按 xh、csrq、rxcj 建立相应的候选索引、普通索引;建立索引名为 xb_rxcj 的普通索引,先按性别进行升序排序,性别相同再按入学成绩降序排序;建立索引名为 xb_csrq 的索引 ,先按性别进行升序排序,性别相同再按出生日期由升序排序。

（1）打开 xs 表,进入表设计器中。

（2）选择"索"项,在设计器中建立索引如下图 4 - 11 所示。

xb_rxcj 索引的表达式为:xb+STR(1000—rxcj,5,1)

xb_csrq 索引的表达式为:xb+DTOC(csrq,1))

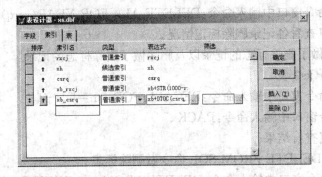

图 4 - 11　索引设计效果

（3）根据实验一中设置的表的相关数据，分别为 cj 表和 kc 表创建相应的表索引。结果如图 4 - 12 和图 4 - 13 所示。

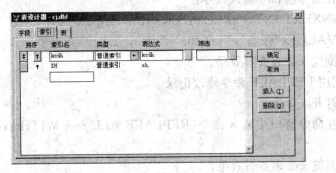

图 4 - 12　cj 表的索引设计

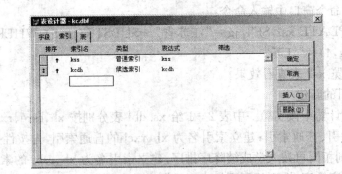

图 4 - 13　kc 表的索引设计

9. 设置主控索引

（1）在窗口中输入命令：SET ORDER TO xb_rxcj

（2）在窗口中输入命令：BROWSE，查看结果。

（3）在窗口中输入命令：SET ORDER TO xb_rxnf

（4）在窗口中输入命令：BROWSE，查看结果。

（5）关闭所有表、项目管理器，退出 VFP，将 D 盘下面的 data 文件夹拷贝回自己的 U 盘。

实验四　数据库的基本操作

目的和要求

通过本次实验，掌握数据库的创建、打开和关闭，以及从数据库中创建、添加和移去表的基本操作。

实验准备工作

（1）启动 VFP6.0，并设置默认文件目录为 D:\data

（2）打开项目文件 jwgl

实验内容

创建、打开、关闭、添加和移去数据库表。

1. 利用项目管理器创建数据库

（1）在项目管理器中选择"数据"页面下的"数据库"，单击"新建"按钮；在出现的"新建数据库"对话框中选择"新建数据库"。

（2）在出现"新建"对话框中输入数据库名"jxgl"，单击"保存"按钮完成数据库的创建。VFP 主窗口中将显示"数据库设计器"窗口。此时数据库新建成功并被自动打开成为当前数据库。

2. 利用命令创建数据库并添加到项目中

（1）在"命令"窗口中输入以下命令并回车执行。

　　CREATE DATABSE test

利用命令创建的数据库 test 不会自动的包含在项目文件中（项目中"数据库"项下没有数据库 test），并且不会自动打开。

（2）在项目管理器中选择"数据"页面下的"数据库"，单击"添加"按钮；在出现的"打开"对话框中选择数据库 test；单击"确定"按钮将其添加至 jwgl 项目。

3. 数据库的打开与关闭

（1）在项目管理器中选择"数据"页面下的"数据库"，选中数据库 jxgl；单击"修改"按钮，将数据库 jxgl 在数据库设计器中打开。

（2）关闭数据库设计器。注意，此时并没有将打开的 jxgl 数据库关闭。

（3）单击"关闭"按钮关闭数据库。

VFP 的"常用"工具栏中显示了当前打开的数据库。在进行上述操作时，注意其中显示的变化。

4. 利用命令打开和关闭数据库

（1）在"命令"窗口中输入以下命令：

　　OPEN DATABASE test

并回车执行,将 test 数据库打开,此时 test 是当前数据库。

(2) 在"命令"窗口中输入以下命令:

    OPEN DATABASE jxgl

并回车执行,将 jsgl 数据库打开,此时 jsgl 是当前数据库。

(3) 在"命令"窗口中输入以下命令:

    SET DATABASE TO test

并回车执行,将 test 设置为当前数据库。

(4) 在"命令"窗口中输入以下命令:

    CLOSE DATABSE

并回车执行,将当前数据库 test 关闭。

(5) 在"命令"窗口中输入以下命令:

    CLSOE DATABASE ALL

并回车执行,所有打开的数据库关系。

5. 新建数据库表

(1) 在项目管理器中选择"数据"页面下的"数据库",展开数据库下的"test"项;单击"test"项下的"表"项,单击"新建"按钮。

(2) 在出现的"新建表"对话框中选择"新建表"。

(3) 在出现的"新建"对话框中输入新建数据库表的名称 table1。

(4) 单击"确定"按钮,任意设置其结构和数据,将其添加至 jwgl 项目。

6. 添加数据库表

(1) 在项目管理器中选择"数据"页面下的"数据库",展开数据库下的"jxgl"项;单击"jxgl"项下的"表"项,单击"添加"按钮。

(2) 在出现的"打开"对话框中选择自由表 xs,单击"确定"按钮将其添加至数据库 jxgl。

(3) 同样使用此方法,将前面创建的其他自由表也添加到数据 jxgl 中,使其成为数据库表。结果如图 4-14 所示。

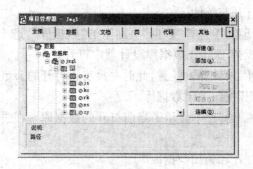

图 4-14　添加表之后的结果

7. 移去数据库表

(1) 在项目管理器中选择"数据"页面下的"数据库",展开数据库下的"test"项;展开"test"项下的"表"项,单击选中表 table1。

(2) 单击"移去"按钮,出现对话框。如图 4 - 15 所示。

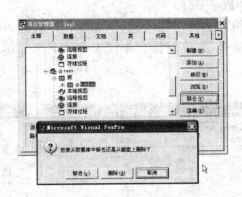

图 4 - 15　数据库表移去对话框

(3) 在"移去"对话框中单击"移去"按钮,出现提示,如图 4 - 16 所示,单击"是"按钮将表 table1 从数据库 test 中移去,使其变为自由表。

图 4 - 16　提示对话框

实验五　数据库表的扩展属性

目的和要求

通过本次实验,掌握数据库表的字段属性和表属性的基本设置。

实验准备工作

(1) 启动 VFP6.0,并设置默认文件目录为 D:\data

(2) 打开项目文件 jwgl

实验内容

设置数据库表的字段属性和表属性。

1. 设置字段的显示属性

(1) 单击选中数据库 jxgl 中的 js 表,单击"修改"按钮,在表设计器中将其打开。

（2）单击 gh 字段以将其选中。

（3）在显示部分的格式中输入"T"，表示在显示时将 gh 字段中输入的前导空格删除。

（4）在显示部分的输入掩码中输入"X9999"，表示工号首字符可以是任何字符，后面 4 个字符是数字字符。

（5）在显示部分的标题中输入"工号"，表示 js 表的 gh 字段的标题是"工号"，在浏览、编辑窗口、菜单或报表中代表字段名来显示。设置如图 4-17 所示。

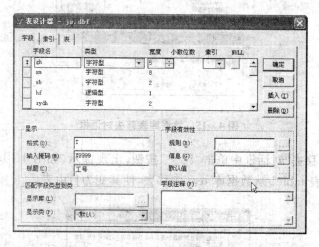

图 4-17　显示设置内容

（6）单击"确定"按钮，出现图 4-18 所示的对话框，注意，如果不需要将设置应用到表中已有的数据，就不需要勾选对话框中的选项，现在保留默认的勾选状态。单击"是"按钮完成显示部分的设置。

图 4-18　对话框

（7）单击选中数据库 jxgl 下的 js 表，单击"浏览"按钮浏览 js 表，效果如图 4-19 所示。

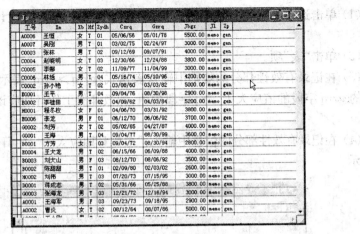

图 4-19 浏览 js 表

2. 设置数据库表的字段有效性规则

（1）单击选中数据库 jxgl 中的 js 表，单击"修改"按钮，在表设计器中将其打开。

（2）单击 xb 字段，将其选中。

（3）在字段有效性部分的规则中输入表达式：xb＝"男"orxb＝"女"。注意，由于 xb 字段是字符型，所以表达式是将 xb 字段的值和"男""女"进行比较，是字符型。

（4）在字段有效性部分的信息中输入："性别应是男或女"，注意，信息是字段的有效性规则不满足时的提示信息，需要用字符型定界符。

（5）在字段有效性部分的默认值中输入"男"。设置如图 4-20 所示。

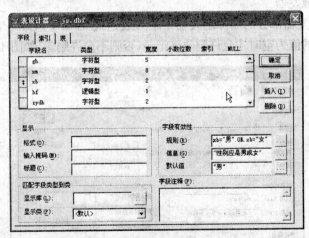

图 4-20 字段有效性设置

（6）单击"确定"按钮，在出现的提示对话框中单击"是"按钮完成设置。

3. 设置记录有效性

（1）单击选中数据库 jxgl 中的 js 表，单击"修改"按钮，在表设计器中将其打开。

（2）单击"表"项。

（3）在记录有效性部分的规则中输入表达式：gzrq＞csrq，表示 js 表中每条记录的 gzrq 字段的值应大于 csrq 字段的值，即教师的工作日期应该大于其出生日期。

（4）在记录有效性部分的信息中输入："工作日期应大于出生日期"，如图 4－21 所示。

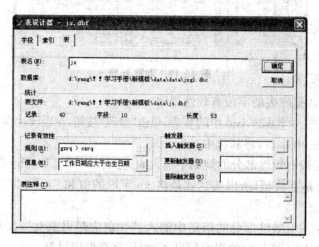

图 4－21　记录有效性规则设置

4. 设置触发器

（1）在触发器部分的删除触发器中输入表达式：EMPTY(gh)，表示只有当记录的 gh 字段的值为空时才允许删除该记录，否则不允许删除，如图 4－22 所示。

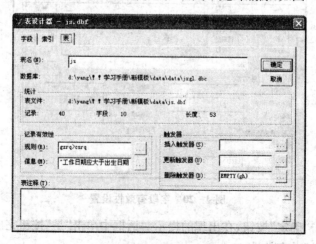

图 4－22　触发器设置

(2) 单击"确定"按钮完成表属性(记录有效性和触发器)的设置。

实验六　永久关系和参照完整性

目的和要求

通过本次实验,掌握数据库表之间永久关系的建立以及参照完整性的设置。

实验准备工作

(1) 启动 VFP6.0,并设置默认文件目录为 D:\data

(2) 打开项目文件 jwgl

实验内容

创建表之间的永久关系、设置参照完整性。

1. 永久关系的设置

(1) 单击选中 jxgl 数据库中的 js 表,单击"修改"按钮,在表设计器中将其打开。

(2) 单击"索引"项,为 js 表设置索引。索引名为 jsgh,索引类型为主索引,表达式为 gh,如图 4-23 所示。单击"确定"按钮完成 js 表主索引的设置。

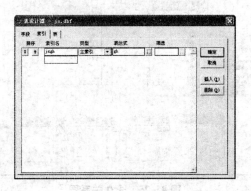

图 4-23　索引设置

(3) 单击选中 jsgl 数据库中的 rk 表。单击"修改"按钮,在表设计器中将其打开。

(4) 单击"索引"项,为 rk 表设置索引。索引名为 rkgh,索引类型为普通索引,表达式为 gh。单击"确定"按钮完成 rk 表索引的设置。

(5) 单击选中 jsgl 数据库,单击"修改"按钮,在数据库设计器中将其打开。如图 4-24 所示。

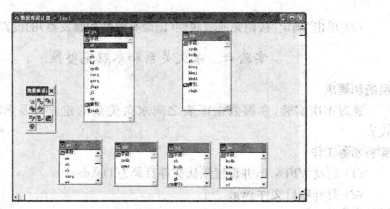

图 4-24　数据库设计器

（6）单击系统菜单中"数据库"下的"清理数据库"菜单，对数据库进行清理（这一步不是必需的，当需要时系统会给出提示信息）。

（7）在 js 表的 jsgh 索引上按下鼠标右键不放，拖到 rk 表的 rkgh 索引上放开，则在这两张表之间建立了一条表示永久关系的连线。如图 4-25 所示。关闭数据库设计器完成永久关系的设置。

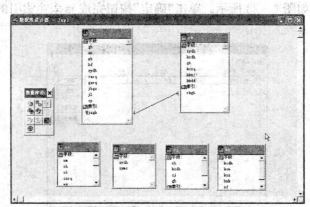

图 4-25　永久关系图

2. 参照完整性的设置

（1）选中 jsgl 数据。单击"修改"按钮，在数据库设计器中将其打开。

（2）双击刚才建立的表示永久关系的连线，出现"编辑关系"对话框，如图 4-26 所示。

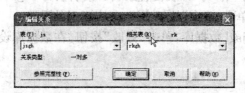

图 4-26　编辑关系对话框

（3）单击"参照完整性"按钮,如果系统提示需要清理数据库,则选择系统菜单"数据库"下的"清理数据库"菜单清理数据库。

（4）单击"参照完整性生成器"的"删除规则"项,单击选中级联,如图 4 - 27 所示。表示当父表(js 表)中的某记录被删除后,子表(rk 表)中的相应记录也被删除。

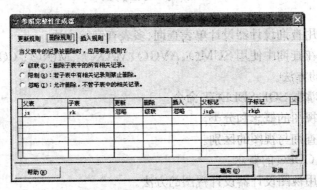

图 4 - 27 参照完整性设置

（5）单击"确定"按钮完成参照完整性的设置。

第五章 查询与视图设计

一、学习要点

1. 掌握用查询设计器设计单表查询、多表查询的方法。

2. 掌握在查询中使用 SUM( )、AVG( )、MAX( )、MIN( )、COUNT( )等函数进行统计的方法。

3. 熟练掌握 SQL-SELECT 命令。

4. 了解视图的概念和分类。

5. 了解查询与视图的区别。

6. 了解 ODBC 的概念。

7. 掌握用视图设计器设计视图的方法。

8. 学会使用视图。

二、习 题

一、选择题

1. 对于查询和视图的叙述,正确的是_____。

    A. 都保存在数据库中   B. 都可以用 USE 命令打开

    C. 都可以更新基表   D. 都可以作为列表框对象的数据源

2. 有关查询与视图,下列说法中不正确的是_____。

    A. 查询是只读型数据,而视图可以更新数据源

    B. 查询可以更新数据源,而视图也可以更新数据源

    C. 视图具有许多数据库表的属性,利用视图可以创建查询和视图

    D. 视图可以更新数据源,并属于数据库

3. 查询文件中保存的是_____。

    A. 查询的命令   B. 查询的结果

    C. 与查询有关的基表   D. 查询的条件

4. 下列各种对查询文件的说法不正确的是_____。

    A. 查询文件可以筛选表中字段

    B. 查询文件的结果中可以包含一个新字段

    C. 查询与视图的本质是相同的,只是查询的去向比视图多而已

    D. 查询中可以使用多个表

5. 下列说法正确的是_____。

A. 视图文件的扩展名为 .VCX

B. 查询文件中保存的是查询的结果

C. 查询设计器实质上是 SELECT-SQL 命令的可视化设计方法

D. 查询是基于表的,并且可以更新的数据集合

6. 查询设计器中,与运算符 BETWEEN 配合使用的上下限值的分隔字符为
_____。

    A. ;   B. ,   C. /   D. |

7. 下列关于查询的描述中正确的是_____。

A. 不能用自由表建立查询

B. 只能用自由表建立查询

C. 不能用数据库表建立查询

D. 可以用自由表和数据库表建立查询

8. 设有一自由表 xx.DBF。下列 SELECT-SQL 命令中,语法错误的是_____。

A. SELECT * FROM xx

B. SELECT * FROM xx INTO CURSOR temp

C. SELECT * FROM xx INTO TABLE temp

D. SELECT * FROM xx INTO temp

9. 查询设计器和视图设计器的主要不同表现在于_____。

A. 查询设计器有更新条件选项卡,没有查询去向选项

B. 查询设计器没有更新条件选项卡,有查询去向选项

C. 视图设计器没有更新条件选项卡,有查询去向选项

D. 视图设计器有更新条件选项卡,也有查询去向选项

10. 视图设计器中含有的,但查询设计器中却没有的选项卡是_____。

    A. 筛选   B. 排序依据   C. 分组依据   D. 更新条件

11. 在 SQL 的 SELECT 查询结果中,消除重复记录的方法是_____。

    A. 通过指定主关键字   B. 通过指定唯一索引

    C. 使用 DISTINCT 子句   D. 使用 HAVING 子句

12. 在 SQL 语句中,与表达式"年龄 BETWEEN 12 AND 46"功能相同的表达式
是_____。

    A. 年龄>=12 OR<=46   B. 年龄>=12 AND<=46

    C. 年龄>=12 OR 年龄<=46   D. 年龄>=12 AND 年龄<=46

13. 假定学号的第 3,4 位是专业代码,要计算各专业学生选修课程号为"101"的
课程的平均成绩,正确的 SQL 语句是_____。

A. SELECT 专业 AS SUBSTR(xh,3,2),平均分 AS AVG(cj) FROM 选课;
        WHERE 课程号="101" GROUP BY 专业

B. SELECT SUBSTR(学号,3,2) AS 专业,AVG(成绩) AS 平均分 FROM

选课；
WHERE 课程号＝"101" GROUP BY 1

C. SELECT SUBSTR(学号,3,2) AS 专业,AVG(成绩) AS 平均分 FROM
选课；
WHERE 课程号＝"101" ORDER BY 专业

D. SELECT 专业 AS SUBSTR(学号,3,2),平均分 AS AVG(成绩)
FROM 选课；
WHERE 课程号＝"101" ORDER BY 1

14. 使用 SQL 语句进行分组检索时,为了去掉不满足条件的分组,应当_____。

A. 使用 WHERE 子句

B. 在 GROUP BY 后面使用 HAVING 子句

C. 先使用 WHERE 子句,再使用 HAVING 子句

D. 先使用 HAVING 子句,再使用 WHERE 子句

15. 在 SQL-SELECT 中,"HAVING ＜条件表达式＞"用来筛选满足条件的
_____。

    A. 列   B. 行   C. 关系   D. 分组

16. 为视图重命名的命令是_____。

    A. MODIFY VIEW   B. CREATE VIEW

    C. DELETE VIEW   D. RENAME VIEW

17. 以下关于视图的描述中,正确的是_____。

A. 视图结构可以使用 MODIFY STRUCTURE 命令来修改

B. 视图不能同数据库表进行联接操作

C. 视图不能进行更新操作

D. 视图是从一个或多个数据表中导出的虚拟表

18. 下列关于视图的说法中,不正确的是_____。

A. 在 VFP 中,视图是一个定制的虚拟表

B. 视图可以是本地的、远程的,但不可以带参数

C. 视图可以引用一个或多个表

D. 视图可以引用其他视图

19. 视图不能单独存在,必须依赖于_____。

    A. 视图   B. 数据库   C. 数据表   D. 查询

20. 下列关于视图的描述中正确的是_____。

    A. 视图保存在项目文件中   B. 视图保存在数据库文件中

    C. 视图保存在表文件中   D. 视图保存在视图文件中

21. 在 VFP 系统中,_____创建时将不以独立的文件形式存储。

    A. 查询   B. 视图   C. 类库   D. 表单

22. 根据数据源的不同,可以把视图分为_____。
    A. 本地视图和远程视图   B. 本地视图和临时视图
    C. 临时视图和远程视图   D. 单表视图和多表视图

23. 视图设计器中,共提供选项卡的个数是_____。
    A. 3   B. 6   C. 7   D. 8

24. 视图与基表的关系是_____。
    A. 视图随基表的打开而打开   B. 基表随视图的关闭而关闭
    C. 基表随视图的打开而打开   D. 视图随基表的关闭而关闭

25. 视图是一种存储在数据库中的特殊表,当它被打开时,对于本地视图而言,系统将同时在其他工作区中把视图所基于的基表打开,这是因为视图包含一条_____语句。
    A. SELECT-SQL   B. USE
    C. LOCATE   D. SET FILTER TO

26. 对于视图不可以创建的是_____。
    A. 字段的默认值 B. 独立索引 C. 临时关系 D. 永久关系

27. 建立视图的命令是_____。
    A. MODIFY VIEW   B. CREATE VIEW
    C. DELETE VIEW   D. RENAME VIEW

28. 修改本地视图使用的命令是_____。
    A. CREATE SQL VIEW   B. MODIFY VIEW
    C. RENAME VIEW   D. DELETE VIEW

29. SQL 语句中删除视图的命令是_____。
    A. DROP TABLE   B. DROP VIEW
    C. ERASE TABLE   D. ERASE VIEW

30. 不可以作为查询与视图的数据源的是_____。
    A. 自由表 B. 数据库表 C. 查询 D. 视图

二、填空题

1. SQL 的中文含义是:_____,SQL 语言支持关系型数据库的_____模式结构,分别是_____对应于视图,_____对应于基本表,_____对应于存储文件。

2. SQL 语言集_____、数据操纵、_____的功能于一体。

3. 在 SELECT-SQL 语句中,_____子句实现消除查询结果中重复的记录。INTO CURSOR 子句的作用是_____,IN-TO TABLE 选项的作用是_____,GROUP 子句的作用是_____,HAVING 子句作用是_____,OR-

DER 子句的作用是＿＿＿＿＿＿＿＿。

4. 在 SQL 语句中,与表达式"仓库号 NOT IN("wh1","wh2")"功能相同的表达式是＿＿＿＿＿＿＿＿。

5. 在 SQL 的 SELECT 查询中,HANVING 子句一般跟在＿＿＿＿＿＿＿＿子句之后。

6. 在 SELECT 语句中,UNION 子句把一个 SELECT 语句的最后查询结果同另一个 SELECT 语句的最后查询结果组合起来,默认情况下,该子句检查组合的结果并＿＿＿＿＿＿＿＿。要组合多个 UNION 子句,可使用括号。若想在 UNION组合中不删除重复的行,可在 UNION 后加上＿＿＿＿＿＿＿＿＿＿＿,若需要对最终查询结果排序,则需要使用＿＿＿＿＿＿＿＿ 个 ORDER 子句。

以下 7~18 填空题中使用教学管理数据库
jxk(教学库)中含有如下表:

xs(学生表):xh (C,6)【学号】、xm(C,6)【姓名】、xb(C,2)【性别】、bjbh (C,6)【班级编号】、csrq(D)【出生日期】、jg (C,20)【籍贯】、zp(G)【照片】。

cj(成绩表):xh (C,6)【学号】、kcdh (C,6)【课程代号】、cj(N,3,0)【成绩】。

js(教师表):gh(C,6)【工号】、xm(C,6)【姓名】、xb(C,2)【性别】、xdh(C,6)【系代号】、zc(C,6)【职称】、gz N(8,2,2)【工资】。

kc(课程表):kcdh(C,6)【课程代号】、kss(N,2)【课时数】、kcm(C,18)【课程名】、bxk(L)【必修课】、xf(N,1)【学分】

rk(任课表):(gh,C)【工号】、kcdh (C,6)【课程代号】、kss(N,2)【课时数】、zcdh(c,4)【职称代号】

xs(系名表):xdh (C,6)【系代号】、ximing (C,18)【系名】

7. 根据学生表 xs,查询所有女同学的信息及年龄,并按年龄进行降序排列,生成新的表 ws,完成下列 SELECT 语句。

   SELECT xs. *,＿＿＿＿＿＿＿＿AS 年龄 FROM xs WHERE xb="女"
ORDER BY 年龄 DESC ＿＿＿＿＿＿＿＿

8. 显示 js 表(教师表)中各类专业的教师的人数、基本工资的平均值、最高值和最低值,结果按平均值从高到低排序,补充完成下列 SELECT 语句。

   SELECT zydh,＿＿＿＿＿＿＿＿AS 人数,＿＿＿＿＿＿＿＿ AS 平均工资;

   ＿＿＿＿＿＿＿＿AS 最高值, MIN(jbgz)AS 最低值;

   FROM js GROUP BY zydh ORDER BY 3

9. 下列 SQL 命令用来查询每个专业的男、女生人数。补充完成下列 SELECT 语句。

   SELECT zy, SUM(IIF(xb="男",1,＿＿＿＿＿＿＿＿)) AS 男生人数,;

   SUM(IIF(xb="女",1,＿＿＿＿＿＿＿＿)) AS 女生人数;

FROM xs；

GROUP BY 1

10. 下列是基于 cj. dbf 的 SELECT-SQL 语句,其功能是从成绩表中查出成绩大于 90 分的学生的学号、课程代号、成绩与等级,查询结果输出去向是表文件 xx. DBF。补充完成下列 SELECT 语句。

SELECT cj. xh　AS 学号,cj. kcdh　AS 课程代号,cj. cj　AS 成绩,"优秀" AS 等级；

FROM jxk! cj；

WHERE cj. cj＞＝90；

_____

11. 查询'xs'表中学生的出生年份并确定是"上半年"还是"下半年"。补充完成下列 SELECT 语句。

SELECT xs. xh, xs. xm, xs. xb, YEAR(csrq) as 出生年份,；

_____；

FROM Jxk! xs；

ORDER BY 4 DESC

12. 从高到低地显示 cj 表中代号(字段名为 kcdh,C 型)为"01"的课程的学生的学号(字段名为 xh)和成绩(字段名为 cj)。补充完成下列 SELECT 语句。

SELECT cj. xh,cj. cj　FROM _____；

WHERE _____；

ORDER　BY _____

13. 根据学生表和成绩表查询所有 1982 年 3 月 20 日以后(含)出生、性别为男的学生。补充完成下列 SELECT 语句。

SELECT ＊ FORM xs WHERE _____

14. 根据教师表 js. dbf 完成下列 SQL 命令以统计 js 表中系名为"信息管理系"的职工的平均工资。

SELECT xinming AS 系名, AVG(jbgz) AS 平均工资；

FROM js；

_____；

GROUP BY xinming ；

INTO CURSOR jstmp

15. 某图书资料室的:"图书管理"数据库中有 3 张表：

ts. DBF(图书表):编号 C(10),分类号 C(10),书名 C(8),出版单位 C(20),作者 C(8),单价 N(7,2),馆藏册书 N(4)

dz. DBF(读者表)借书证号 C(6),单位 C(18),姓名 C(8),性别 C(2),职称 C(10),地址 C(20) jy. DBF(借阅表)借书证号 C(6),编号 C(10),借书日期 D(8),还书日期 D(8)

查询借书证号为"200513"的读者所借书的名称、出版单位、已借阅的天数。

补充完成下列 SELECT 语句。

    SELECT 借书证号,＿＿＿＿＿＿＿＿＿AS 已借阅的天数,；

    FROM 图书馆! jy INNER JION 图书馆! ts   ON jy. 编号＝dz. 编号；

    WHERE 借书证号＝"200513"

16. 根据上例图书管理数据库中的表,完善下列语句以查询该图书资料室各出版单位出版图书的馆藏总册数、总金额、平均单价。补充完成下列 SELECT 语句。

    SELECT   出版单位,SUM(馆藏册数)   AS 馆藏总册数,；

    ＿＿＿＿＿＿＿＿AS 总金额,＿＿＿＿＿＿＿＿＿AS 平均单价；

    FROM 图书馆! ts；

    GROUP BY 出版单位

根据"图书管理"数据库中的表,

17. 统计图书馆中各类图书中馆藏最少的 10 本书的书名,出版单位及数量,完善下列语句。

    SELECT＿＿＿＿＿＿＿ts. 分类号,ts. 书名,ts. 出版单位,COUNT(＊)AS 数量；

    FORM ts ＿＿＿＿＿＿＿。

18. 歌手表中有(歌手号,姓名),评分表中有(歌手号,分数,评委号),歌手的最后得分由评分表中各个评委所打出的分数的平均得到,查询歌手的最后得分在 8.00 到 9.00 之间的歌手的歌手号和姓名及最后得分。

    SELECT 歌手号,姓名,AVG(分数) AS 最后得分；

    FROM 歌手 JOIN 评分表 ON 歌手·歌手号＝评分表·歌手号；

    WHERE ＿＿＿＿＿＿＿＿；

    GROUP BY 1

19. 基于成绩表查询各个分数段的学生的得分人数。要求结果中包含两列:分数字段和数量字段,并按分数段类型降序排列。

    SELECT"90－100"as 分数段类型,COUNT(＊)AS 数量；

            FROM jxk! cj；

            WHERE cj＞＝90；

            ＿＿＿＿＿＿＿＿；

    SELECT"80－89"as 分数段类型,COUNT(＊)AS 数量；

            FROM jxk! cj；

            WHERE cj＞＝80 and cj＜90；　·

            UNION；

SELECT _____ ,COUNT(*)AS 数量；

　　　　FROM jxk! cj；

　　　　WHERE cj>＝70 and cj<80；

　　　　Union；

SELECT"60－69"as 分数段类型,count(*)AS 数量；

　　　　From jxk! cj；

　　　　Where cj>＝60 and cj<70；

　　　　Union；

SELECT"60 以下"as 分数段类型,count(*)AS 数量；

　　　　From jxk! cj；

　　　　Where cj<6090；

　　　　Order by 1 desc

20. 已知借阅(jy)表中含有读者类型(lx)、借阅日期(jyrq)和还书日期(hsrq)等字段。下列 SQL 命令用来统计教师、学生借书过期罚款人次和罚款金额。其中,罚款金额计算方法如下：

　　对于学生类读者(lx 字段值为 X)来说,借阅期限为 30 天,每超过一天,罚款金额以每本书 0.05 元计算；

　　对于教师类读者(lx 字段值为 J)来说,借阅期限为 60 天,每超过一天,罚款金额以每本书 0.05 元计算；

　　完成下列 SQL 命令

　　SELECT"教师"AS 类型,COUNT(*) AS 罚款人次,SUM(0. 05 * _____

　　_____)AS 罚款金额；

　　　　FROM Sjk! jy WHERE jy. lx＝"J" AND hsrq－jyrq>60；

　　　　_____ ；

　　SELECT"学生" AS 类型,COUNT(*) AS 罚款人次,SUM(0. 05 *

　　(hsrq－jyrq －30))AS 罚款金额；

　　　　FROM jxk! jy WHERE jy. lx＝"x"AND hsrq－jyrq>30

21. VFP 的视图有 _____ 和 _____ 两类。

22. 视图是一张虚表,视图定义保存在 _____ 中,视图的打开可用 _____ 命令来实现。

23. 视图的源数据表称为 _____ 。

24. 本地视图的本地基表随着视图的打开而 _____ ,但不随视图的关闭而关闭,这与 SELECT-SQL 一致。

25. 视图可以在"数据库设计器"窗口打开,也可以用 USE 命令打开,但在使用 USE 命令之前必须打开包含该视图的 _____ 。

三、设计题

使用 jxk 数据库中的表,请按如下要求实现查询。

1. 基于 js 表和 rk 表查询每个系每个教师分别承担的课程门数。输出字段包括:系代号、工号、姓名、课程门数,查询结果按工号升序排序。(用 SQL-SELECT 语句实现)

2. 基于数据库表 xs(学生)统计各班级上半年和下半年出生的女生人数,要求输出字段为:班级编号、时间、女生人数。查询结果按女生人数从小到大顺序排序。(注:时间列填"上半年"和"下半年";1~6 月份为上半年,7~12 月份为下半年)。(用查询设计器实现)

3. 基于 js 表、rk 表和 kc 表查询每个系、各种职称教师分别承担的平均课时数。输出字段包括:系代号、职称代号、平均课时数,查询结果按职称代号降序排列。(使用查询向导实现)

4. 基于 jxk 数据库中的 xs(学生)表,统计各年份出生的男女生人数,要求输出字段为:出生年份、xb、人数。查询结果按出生年份的降序排序。(用 SQL-SELECT 语句实现)

5. 基于 js 表和 gz 表查询每个系职称为"教授"(注:"教授"的 zcdh 为"01")的教师的人数和工资情况。输出字段包括:系代号、人数、最高工资、最低工资和平均工资,查询结果按系代号升序排列。(用 SQL-SELECT 语句实现)

6. 基于数据库表 xs(学生)统计各班级的女生人数,要求输出字段为:班级编号(由学号的第 3、4 位组成)、女生人数。查询结果按女生人数的从小到大顺序排序。(用 SQL-SELECT 语句实现)

三、实 验

实验一 单表简单查询

目的和要求

通过本次实验,掌握查询文件的建立、利用查询设计器进行单表查询的相关过程。

实验准备工作

(1) 启动 VFP6.0,并设置默认文件目录为 D:\data

(2) 打开项目文件 jwgl

实验内容

参照下列步骤以 jxk 数据库中的 js 表(教师表)为数据源,建立查询文件 cxjs. QPR,查询各女教师的年龄,要求输出 gh、姓名、专业代号、年龄,结果按年龄从高到低排列,并输出到表 jjs. dbf 中。

（1）进入查询设计器

在项目管理器中选择"数据"页面下的"查询"，单击"新建"按钮，选择"新建查询"，打开查询设计器。

（2）选择数据来源

在添加表或视图对话框中选择 jxk 数据库，选中"js"表，按"添加"按钮。如图 5-1 所示。

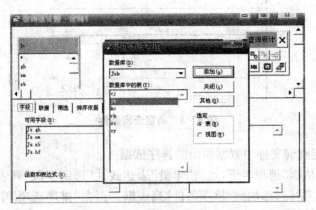

图 5-1 选择数据库中的表

（3）确定查询文件的输出列

在"字段"选项卡下，点击"gh"从"选定字段"列表框选择该字段并按"添加"按钮，添加到"选定字段"列表框。在"函数和表达式"下的文本框中（或点击三点按钮弹出表达式生成器），将 js 表中"zydh"字段表示为"zydh AS 专业代号"并"添加"到"选定字段"列表框中，再用同样的方法确定"xm as 姓名"、"（YEAR(DATE())－YEAR(csrq) as 年龄"，用来输出姓名、专业代号、年龄，如图 5-2 所示。

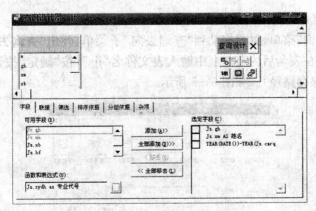

图 5-2 确定查询的输出列

（4）确定查询文件中的筛选条件

在"筛选"选项卡下，在"字段名"下的组合框中，点击下拉按钮，找到 js. xb 字段并点击；在"条件"下的组合框中，点击下拉按钮，找到"＝"字段并点击；在"实例"下的组合框中，输入"′女′"，确保输入引号时是英文半角状态。如图 5－3 所示。

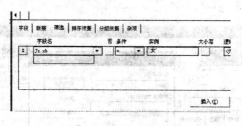

图 5－3 确定查询条件

（5）确定查询文件中数据输出的排序依据

在"排序依据"选项卡下，点击"年龄"表达式从"选定字段"列表框选择该字段并按"添加"按钮，添加到"排序条件"列表框。再在"排序选项"中点击"降序"选项按钮。见图 5－4 所示。

图 5－4 排序条件设计

（6）确定查询结果的输出去向

打开"查询"菜单，鼠标拖动到"查询去向"子菜单，弹出"查询去向"对话框，选择表，然后在表名后的文本框中输入表文件名"jjs"，按"确定"按钮（可以按三点按钮修改保存路径）。如图 5－5 所示。

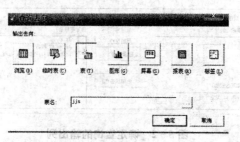

图 5－5 查询去向选择

(7) 运行查询,点击工具栏中的"!"按钮可以运行查询,此时看不到结果,因为查询结果保存到指定路径的 jjs. dbf 表中。可以打开该表查看结果;也可以在进行第六步之前直接运行查看,再进行第六步的设置。查询结果如图 5 – 6 所示。

Gh	姓名	专业代号	年龄
A0006	王恒	01	52
C0002	孙小艳	02	48
A0002	曹炎	02	44
G0002	刘芳	02	43
C0004	赵晓明	03	42
H0001	程冬枚	03	38
B0001	方芳	03	36
H0004	李晓丽	03	35
D0004	焦洁	03	35
C0005	李娜	02	31

图 5 – 6 查询结果

实验二 分组查询设计

目的和要求

通过本次实验,掌握查询文件的建立、利用查询设计器进行带有分组设计的单表查询的相关过程和查询中的汇总函数。

实验准备工作

(1) 启动 VFP6.0,并设置默认文件目录为 D:\data

(2) 打开项目文件 jwgl

实验内容

以 jxk 数据库中的 js 表(教师表)为数据源,建立查询文件 cxjs. QPR,查询各个专业的教师人数,并显示该专业教师的平均年龄。要求输出专业代号、人数和平均年龄,结果按平均年龄从高到低排列。

(1) 进入查询设计器

(2) 选择数据来源

方法同实验一的第一、第二步。

(3) 确定查询文件的输出列

在"字段"选项卡下,在"函数和表达式"下的文本框中(或点击三点按钮弹出表达式生成器),将 js 表中"zydh"字段表示为"zydh as 专业代号"并"添加"到"选定字段"列表框中,再同样在"函数和表达式"下输入人数表达式"COUNT(＊) as 人数"、平均年龄表达式"AVG(YEAR(DATE())－YEAR(csrq))AS 平均年龄",分别添加到"选定列表框"中,用来输出专业代号、人数、平均年龄,如图 5 – 7 所示。

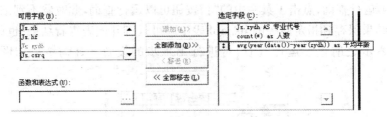

图 5 - 7　确定查询的输出列

4. 确定查询数据输出的排序依据

在"排序依据"选项卡下,点击"平均年龄"表达式从"选定字段"列表框选择该字段并按"添加"按钮,添加到"排序条件"列表框。再在"排序选项"中点击"降序"选项按钮。见图 5 - 8 所示。

图 5 - 8　排序条件设计

5. 确定查询数据的分组依据

在"分组依据"选项卡下,点击"年龄"表达式从"选定字段"列表框选择该字段并按"添加"按钮,添加到"排序条件"列表框。再在"排序选项"中点击"降序"选项按钮。添加 js 表中的"js. zydh"到分组字段列表框,如图 5 - 9 所示。

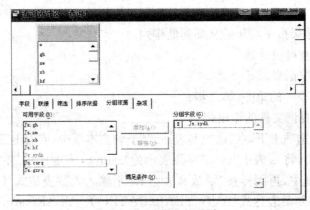

图 5 - 9　分组依据设计

6. 确定查询结果的输出去向

打开"查询"菜单,鼠标拖动到"查询去向"子菜单,确定查询去向,弹出查询结果对话框,选择表,然后在表名后的文本框中输入表文件名"jjs",按"确定"按钮。如图5-10所示。

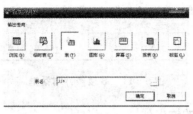

图 5-10　查询去向

实验三　多表查询设计

目的和要求

通过本次实验,掌握利用查询设计器进行多表查询的相关连接过程。

实验准备工作

(1) 启动 VFP6.0,并设置默认文件目录为 D:\data

(2) 打开项目文件 jwgl

实验内容

以 xs 表(学生表)和 cj 表(成绩)为数据源,建立查询文件 xscj. QPR,查询每位学生的选课情况,要求输出姓名、所在班级代号(有由学号字段的第三、四位决定)、选课门数、平均成绩,结果显示中指包含选课门数在 5 门以上的学生信息,并输出到临时表 xxscj. dbf 中。

(1) 进入查询设计器

在项目管理器中选择"数据"页面下的"查询",单击"新建"按钮,选择"新建查询",打开查询设计器。

(2) 选择数据来源

在添加表或视图对话框中选择 jxk 数据库,选中"xs"表,按"添加"按钮,再选择"cj",按"添加"。如果 xs 表和 cj 表在数据库中已经建立了永久性关系,则查询设计器中将自动建立两表的关系;如果 xs 表和 cj 表在数据库中没有建立永久性关系,则查询设计器中将自动根据两表的同名字段打开"联接条件"对话框,提示用户建立两表的关系及类型,如图 5-11 所示,按"确定"按钮即可。

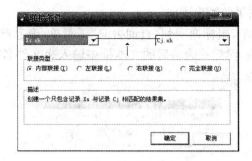

图 5‑11　联接条件对话框

（3）确定查询文件的输出列

在"字段"选项卡下，在"函数和表达式"下的文本框中（或点击三点按钮弹出表达式生成器），将 xs 表中"xm"字段表示为"xm　as 姓名"并"添加"到"选定字段"列表框中，再同样在"函数和表达式"下输入"SUBSTR(xh,3,2) AS 班级代号"、"COUNT(∗) AS 选课门数"、"AVG(cj)AS 平均成绩"，分别添加到"选定列表框"中，用来输出班级代号、选课门数、平均成绩，如图 5‑12 所示。

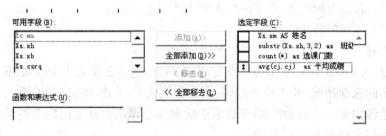

图 5‑12　确定查询的输出列

（4）确定两表的连接关系

在向查询设计器设计添加表的过程中，系统已经自动确定两个的联接条件，并默认设置为内联接，本题中联接类型不需要调整，即学生表和成绩表应建立"内联接"，因此，查看后可继续下一步骤。

（5）确定查询文件中的分组条件

本题中没有数据的筛选及排序要求，因此直接进行分组设计。在"分组依据"选项卡下，在"可用字段"列表框将"xh"字段添加到"分组字段"列表框，见图 5‑13；再点击"满足条件"按钮，弹出"满足条件"对话框，见图 5‑14，点击"字段名"下的组合框，选择"查询.选课门数"，在中间的组合框中选择比较符号，在"实例"下的组合框中输入数字"5"，最后按"确定"按钮。

图 5‑13　确定查询的输出列

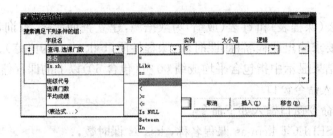

图 5‑14　确定查询的输出列

（6）确定查询结果的输出去向

打开"查询"菜单,鼠标拖动到"查询去向"子菜单,确定查询去向,弹出查询结果对话框,选择临时表,然后在表名后的文本框中输入临时表文件名"xxscj",按"确定"按钮。

（7）运行查询,点击工具栏中的"!"按钮可以运行查询,此时看不到结果,因为查询结果保存到指定路径的 xxscj. dbf 临时表中。可以打开该表查看结果;也可以在进行第六步之前直接运行查看,再进行第六步的设置。查询结果如图5‑15所示。

姓名	班级代号	选课门数	平均成绩
林一凤	01	10	70.00
张辛	01	10	65.90
高宝	01	10	72.00
张梅	01	9	75.33
李娜	01	7	69.57
朱元	03	7	75.86
高平	03	7	75.14
任民	03	7	71.57
李玲	03	6	81.33
王海涛	03	10	74.30
李宁	05	8	65.38
柳宝	05	8	50.25
李枫	05	6	72.67
高夏	03	10	61.40

图 5‑15　实验 3 的运行结果

实验四　SELECT-SQL 命令的使用

目的和要求

通过本次实验，掌握 SELECT 命令建立查询的方法。

实验准备工作

(1) 启动 VFP6.0，并设置默认文件目录为 D:\data

(2) 打开命令窗口

实验内容

以 kc 表(课程表)和 cj 表(成绩)为数据源，建立查询命令，查询每门课程的选课情况，要求输出课程名称、课时数、课程性质(bxk=.t.为必修)、选课人数、平均成绩，结果显示中指包含平均成绩 60 分(包含 60)以上的课程信息。

(1) 进入命令窗口

(2) 在命令窗口输入如下命令：

```
SELECT kcm as 课程名称, kss as 课时数,;
  IIF(bxk,"必修","选修") as  课程性质, COUNT(*) as 选课人数, AVG(cj) as 平均成绩;
 FROM  jxk! kc LEFT OUTER JOIN jxk! cj ON  kc.kcdh =cj.kcdh;
 GROUP BY kc.kcdh  HAVING 平均成绩>=60
```

(3) 命令输入完成后按回车键，结果运行见图 5-16。

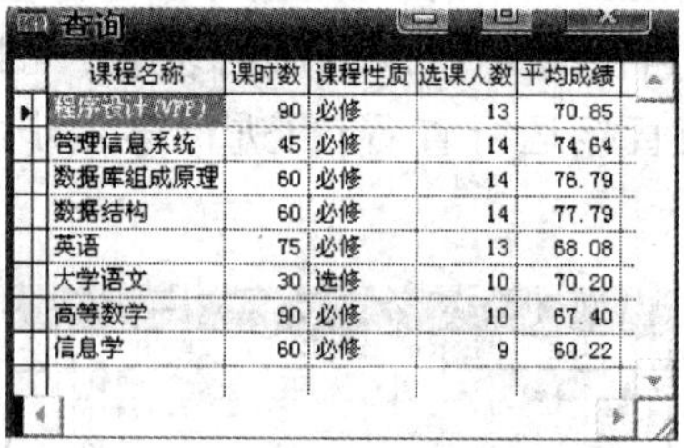

课程名称	课时数	课程性质	选课人数	平均成绩
程序设计(VFP)	90	必修	13	70.85
管理信息系统	45	必修	14	74.64
数据库组成原理	60	必修	14	76.79
数据结构	60	必修	14	77.79
英语	75	必修	13	68.08
大学语文	30	选修	10	70.20
高等数学	90	必修	10	67.40
信息学	60	必修	9	60.22

图 5-16　实验 4 的运行结果

实验五　视图的创建与使用

目的和要求

通过本次实验，掌握视图的创建与使用。

实验准备工作

(1) 启动 VFP6.0，并设置默认文件目录为 D:\data

(2) 打开项目文件 jwgl

实验内容

以 xs 表(学生表)和 cj 表(成绩)为数据源,建立视图 xscj,要求输出每名学生的姓名及该学生所选课程的课程代号及成绩,要求成绩是可更新的。

(1)进入视图设计器

在项目管理器中选择"数据"页面下,选择数据库"jxk",展开"jxk"前面"+"号,点击本地视图,单击"新建"按钮,选择"新建视图",打开视图设计器。

(2)选择数据来源

如同实验 3 中选择数据来源一样,选择学生表和成绩表,添加到视图设计器中。

(3)确定查询文件的输出列

在"字段"选项卡下,将 xs 表中"xm"添加到"选定字段"列表框中,再同样添加"kcdh"、"cj"到"选定字段"列表框中。

(4)确定两表的连接关系

在向视图设计器设计添加表的过程中,系统已经自动确定两个的联接条件,并默认设置为内联接,本题中只要根据题意修改联接类型为"左联接"即可(确保学生表中的 xh 字段在联接等式的左边)。

(5)确定视图的更新项

在"更新条件"选项卡下,在"cj. kcdh"前的钥匙下打钩,在" cj. cj"前的铅笔下打钩,在"发送 SQL 更新"前打钩。如图 5 - 17 所示。

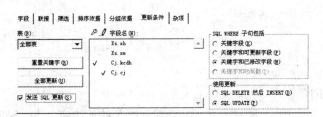

图 5 - 17　视图更新的设计

(6)运行、保存视图

(7)运行视图,点击工具栏中的"!"按钮可以运行视图。查看结果后按视图设计器的关闭按钮,确定视图的保存并输入视图名称 xscj,查看"jxk"数据库可以看到"xscj"视图。

第六章 程序、过程设计

一、学习要点

1. 掌握结构化程序文件的设计方法,包括创建、编辑和运行程序文件。掌握顺序结构、分支结构(单项分支、双向分支和多项分支)和循环结构("当"循环、计数循环和指针循环)程序的编写。

2. 掌握过程的相关概念和方法,包括外部过程和内部过程、自定义函数和自定义过程、变量的分类及其作用域、调用自定义函数和自定义过程和过程中形参和实参值的传递。

二、习 题

一、选择题

1. 下列程序段的输出结果是_____。

    ACCEPT TO a

    IF a=［123456］

        s=0

    ENDIF

    s=1

    ? s

    RETURN

    A. 0   B. 1   C. 由 A 的值决定   D. 程序出错

2. 结构化程序设计的 3 种基本逻辑结构是_____。

    A. 选择结构、循环结构和嵌套结构

    B. 顺序结构、选择结构和循环结构

    C. 选择结构、循环结构和模块结构

    D. 顺序结构、递归结构和循环结构

3. 建立一个循环结构的程序,不能用的命令是_____。

    A. IF…ENDIF   B. SCAN…ENDSCAN

    C. DO WHILE…ENDDO   D. FOR…ENDFOR

4. 在 VFP 的调试器窗口中的_____窗口中可以控制列表框内显示的变量种类。

    A. 跟踪   B. 监视   C. 局部   D. 调动堆栈

说明：局部窗口用于显示模板程序中的内存变量，并显示它们的名称，当前取值的类型，并可以控制在列表框内显示的变量类型。

5. 可以设置表达式类型的断点窗口是_____。
    A. 跟踪窗口　　　　B. 监视窗口　　　　C. 局部窗口　　　　D. 调动堆栈窗口
    说明：监视窗口主要就是用来指定表达式在程序调试执行过程中的变化。要设置一个监视表达式，只需单击窗口中的"监视"文本框，然后输入表达式的内容，按回车键后表达式便添入文本框下方的列表框中。

6. 编辑程序文件的命令是_____。
    A. EDIT　　　　　　　　　　　B. MODIFY COMMAND
    C. EDIT PROGRAM　　　　　　D. MODIFY PROGRAM

7. 退出程序文件，返回操作系统的命令是_____。
    A. CANCEL　　　B. RETURN　　　C. QUIT　　　D. STOP

8. 退出子程序，返回调用程序的命令是_____。
    A. CANCEL　　　B. RETURN　　　C. QUIT　　　D. STOP

9. 调用带参数的过程命令格式是_____。
    A. DO 过程名　WITH　＜常量表＞
    B. DO 过程名 WITH　＜变量名表＞
    C. DO 过程名　WITH　＜表达式表＞
    D. 上述 3 种都可以

10. 有关嵌套的叙述正确的是_____。
    A. 循环体内不能含有条件语句
    B. 循环语句不能嵌套在条件语句之中
    C. 嵌套只能一层否则会导致程序错误
    D. 正确的嵌套中不能交叉

11. 阅读下列程序，该程序的运行结果是_____。
```
SET TALK OFF
INPUT  "请输入 a,b:"   TO  a,b
IF a<b
t=a
a=b
b=t
ENDIF
DO WHILE b<>0
t=MOD(a,b)
a=b
b=t
```

ENDDO

? a

SET TALK ON

RETURN

运行时输入:12,8

A. 2   B. 4   C. 12   D. 8

　　说明:本程序的功能是求两个数的最大公约数。方法是用两个数中较小的去除较大的,然后将除数作为一次除的被除数,余数作为下一次除的除数,反复进行这样的操作,直到余数为零时为止。则最后一次除的除数,即为所给两个数的最大公约数。

12. 有关@…SAY…GET…语句中的校验子句叙述正确的是_____。

　　A. RANGE 子句是非强制校验,如果输入的数据超过或等于给定上下限,
　　　 则提示出错

　　B. VALID 子句是强制校验,如果输入的数据使条件表达式为真或数值表
　　　 达式的值不等于零,则报警并提示出错

　　C. RANGE 非强制校验,只有当编辑的变量发生了变化,并按了回车键才
　　　 予以校验,在给定的初值超过上限或下限时,如果是用光标键移出当前
　　　 编辑区,则不会提示无效

　　D. VALID 强制校验,在初值使条件表达式为假或使数值表达式为零时,只
　　　 要按下回车键,就实施校验,并提示正确的数据范围

13. 以下程序的运行结果为_____。

　　x=1.5

　　DO CASE

　　CASE x>2

　　y=2

　　CASE x>1

　　y=1

　　ENDCASE

　　? y

　　RETURN

　　A. 1   B. 2   C. 0   D. 语法错误

14. 下列程序执行以后,内存变量 y 的值是_____。

　　x=12345

　　y=0

　　DO WHILE x>0

　　　 y=x%10+y*10

　　　　x＝INT(x/10)

　　ENDDO

　　A. 2345　　　　　　B. 2345　　　　　　C. 5432　　　　　D. 54321

15. 以下循环体共执行了_____次。

　　FOR　i＝1　TO　10

　　? i

　　i＝i+1

　　ENDFOR

　　A. 10　　　　　　　B. 5　　　　　　　C. 0　　　　　　D. 语法错误

16. 如果在命令窗口输入并执行命令："LIST 名称"后在主窗口中显示：

　　　　　　　　记录号　　　　　名称

　　　　　　　　　1　　　　　　电视机

　　　　　　　　　2　　　　　　计算机

　　　　　　　　　3　　　　　　电话线

　　　　　　　　　4　　　　　　电冰箱

　　　　　　　　　5　　　　　　电线

假定名称字段为字符型、宽度为6,那么下面程序段的输出结果是_____。

　　GO 2

　　SCAN NEXT 4 FOR LEFT(名称,2)＝"电"

　　　IF RIGHT(名称,2)＝"线"

　　　　LOOP

　　　ENDIF

　　?? 名称

　　ENDSCAN

　　A. 电话线　　　　　　　　　　　　B. 电冰箱

　　C. 电冰箱电线　　　　　　　　　　D. 电视机电冰箱

17. 在 DO WIHLE … ENDDO 循环结构中,EXIT 命令的作用是_____。

　　A. 退出过程,返回程序开始处

　　B. 转移到 DO WHILE 语句行,开始下一个判断和循环

　　C. 终止循环,将控制转移到本循环结构 ENDDO 后面的第一条语句继续
　　　执行

　　D. 终止程序执行

18. 在 DO WIHLE … ENDDO 循环结构中,LOOP 命令的作用是_____。

　　A. 退出过程,返回程序开始处

　　B. 转移到 DO WHILE 语句行,开始下一个判断和循环

　　C. 终止循环,将控制转移到本循环结构 ENDDO 后面的第一条语句继续

执行

　　D. 终止程序执行

19. 有关 SCAN 循环结构,叙述正确的是_____。

　　A. SCAN 循环结构中的 LOOP 语句,可将程序流程直接指向循环开始语句
SCAN,首先判断 EOF()函数的真假

　　B. 在使用 SCAN 循环结构时,必须打开某一个数据库表

　　C. SCAN 循环结构的循环体中必须写有 SKIP 语句

　　D. SCAN 循环结构,如果省略了＜scope＞子句、FOR＜expll＞和 WHILE
＜expl2＞条件子句,则直接退出循环

20. 有关 FOR 循环结构,叙述正确的是_____。

　　A. 对于 FOR 循环结构,循环的次数是未知的

　　B. FOR 循环结构中,可以使用 EXIT 语句,但不能使用 LOOP 语句

　　C. FOR 循环结构中,不能人为地修改循环控制变量,否则会导致循环次数
出错

　　D. FOR 循环结构中,可以使用 LOOP 语句,但不能使用 EXIT 语句

21. 下列程序段的输出结果是_____。

```
CLEAR
STORE 10 TO A
STORE 20 TO B
SET UDFPARMS TO REFERENCE
DO SWAP WITH A,(B)
? A,B


PROCEDURE SWAP
PARAMETERS X1,X2
TEMP=X1
X1=X2
X2=TEMP
ENDPROC
```

　　A. 10　20　　　　B. 20　20　　　　C. 20　10　　　　D. 10　10

22. 一个过程文件最多可以包含 128 个过程,其文件扩展名是_____。

　　A. .PRG　　　　B. .FOX　　　　C. .DBT　　　　D. .TXT

　　　　说明:过程文件也是一种命令文件,扩展名为.PRG。

23. 以下关于参数引用传递方式叙述错误的有_____。

　　A. 引用传递方式将参数的地址给自定义函数

　　B. 引用传递方式的参数必须是变量或数组元素

C. 调用过程或数组元素的值将会发生变化

D. 调用过程或数组元素的值将不会发生变化

24. 在 Visual FoxPro 中,关于过程调用叙述正确的是_____。

A. 当实参的数量少于形参的数量时,多余的形参初值取逻辑假

B. 当实参的数量多于形参的数量时,多余的实参被忽略

C. 实参与形参的数量必须相等

D. 上面 A 和 B 都正确

25. 用于说明程序中所有内存变量都是私有变量的命令是_____。

A. PRIVATE ALL B. PUBLIC ALL

C. ALL=PRIVATE D. STORE PRIVATE TO ALL

　　说明:定义私有变量的语句有 PRIVATE<内存变量名表>和 PRI-VATE ALL(LIKE/EXCEPT<通配符>)。在使用 PRIVATE ALL 本程序中所有内存变量都说明为局部变量。

26. 有关自定义函数的叙述,正确的是_____。

A. 自定义函数的调用与标准函数不一样,要用 DO 命令

B. 自定义函数的最后结束语句可以是 RETURN 或 RETRY

C. 自定义函数的 RETURN 语句必须送返一个值,这个值作为函数返回值

D. 调用时,自定义函数名后的括号中一定写上形式参数

27. 设有一个名为 gz. dbf 的表文件,包含以下字段:姓名(C,8)、职务(C,10)、工资(N,6,2)、出生日期(D,8)和正式工(L,1)。阅读以下程序:

```
USE gz
DO WHILE  . NOT. EOF()
IF 职务＝工程师 . AND 出生日期＞{^1960/10/20}
d＝出生日期
name＝姓名
salary＝工资
EXIT
ENDIF
SKIP
ENDDO
y＝YEAR(DATE())－YEAR(d)
IF . NOT.  EOF()
? name,y,salary
ELSE
?"没查到!"
ENDIF
```

USE

RETURN

该程序的功能是_____。

A. 显示一位 1960 年 10 月 20 日后出生的工程师姓名,年龄及工资

B. 显示一位 1960 年 10 月 20 日后出生的工程师姓名,年龄

C. 显示 1960 年 10 月 20 日后出生的工程师姓名,年龄及工资

D. 显示 1960 年 10 月 20 日后出生的工程师姓名,年龄

28. 下列命令中,不能使程序跳出循环的是_____。

    A. LOOP   B. EXIT   C. QUIT   D. RETURN

29. 有关参数传递叙述正确的是_____。

    A. 接收参数语句 PARAMETERS 可以写在程序中的任意位置

    B. 通常发送参数语句 DO WITH 和接收参数语句 PARAMETERS 不必搭配成对,可以单独使用。

    C. 发送参数和接收参数排列顺序和数据类型必须一一对应

    D. 发送参数和接收参数的名字必须相同

30. 有关过程调用叙述正确的是_____。

    A. 用命令 DO WITH 调用过程时,过程文件无须打开,就可以调用其中的过程

    B. 用命令 DO WITH IN 调用过程时,过程文件无须打开就可以调用其中的过程

    C. 同一时刻只能打开一个过程,打开新的过程旧的过程自动关闭

    D. 打开过程文件时,其中的过程自动调入主存

31. 在 do case 多分支语句结构中,如果多个 CASE 语句后的条件同时成立,则_____。

    A. 对应 CASE 后的语句都执行

    B. 仅执行第一个符合条件的 CASE 后语句

    C. 仅执行最后一个符合条件的 CASE 后语句

    D. 都不执行 CASE 后的语句组

32. FOR…ENDFOR 循环结构主要应用在:_____。

    A. 循环次数不可预知

    B. 循环次数可预知

    C. 循环次数与数据表相关

    D. 循环次数与循环体语句组相关

33. FOR…ENDFOR 循环结构中如省略步长(STEP),则系统默认步长为_____。

    A. 0   B. 1   C. 2   D. 3

34. 在一个程序的执行过程中,有时希望中断该程序的执行,尤其是在程序陷入

死循环时。下列操作中_____不可能中断一个程序的运行。

A. 按 Esc 键

B. 执行"程序"菜单中的"取消"命令

C. 按 Ctrl＋Alt＋Del 组合键,结束正在运行的任务

D. 按 Ctrl＋W 键

35. 执行下列主程序后,输出结果为:_____。

主程序	过程
CLEAR	PROCEDURE sub1
x＝'篮球'	LOCAL x
y＝'足球'	x＝'手球'
DO sub1	y＝x＋y
? x＋y	ENDPROCEDURE

A. 篮球　　　　B. 足球　　　　C. 手球篮球足球　　D. 篮球手球足球

二、填空题

1. 程序文件的扩展名为_____,调用过程的命令是 DO _____,定义过程开始语句为_____,定义过程结束语句为_____。

2. VFP 程序结构有顺序程序、_____和循环程序 3 种结构。

3. 带参数调用过程时,参数个数_____。

4. 在程序中一行命令最多可容纳_____个字符。

5. 在程序中,中止行动返回 VFP 的命令是_____。

6. 在循环程序中,中止循环,强行退出循环续语句执行的命令是_____。

7. 在输入程序过程中,保存并退出输入状态,可以使用快捷键_____进行操作。

8. 程序中往往第一行语句用_____命令清屏。

9. 执行下列程序,显示的结果是_____。

```
one="WORK"
two=""
a=LEN(one)
i=a
DO WHILE i>=1
two=two+SUBSTR(one,i,1)
i=i-1
ENDDO
? two
```

10. 下列的自定义函数 ys()的功能是:当传送一个字符型参数时,返回一个删除所有内含空格之后的字符型数据。例如,执行命令? ys("ABCD"),显示

"ABCD"。请完善下列程序。(注:OCCURS()函数的功能是返回前一个字符表达式在后一个字符表达式中出现的次数。)

```
FUNCTION ys
PARAMETERS zz
IF OCCURS(SPACE(1),zz)>0
&& 如果空格在变量 ZZ 中出现的次数大于 0
 n=OCCURS(SPACE(1),zz)
 FOR x=1 TO n
   c=AT(APACE(1),zz,1)
   zz=SUBSTR(zz,1,c-1)+_____
 ENDFOR
ENDIF
RETURN zz
ENDFUNC
```

11. 设学生表(XS.dbf)中含有:学号(XH,C,8),姓名(XM,C,8)和出生日期(CSRQ,D,8)字段,该表所在的数据库的存储过程中有一个求学生年龄的自定义函数 age,代码如下。请完善下列程序:

```
FUNCTION age
PARAMETERS dbirthday
LOCAL nresult
nresult=-1
IF NOT EMPTY(dbirthday)
    nresult=YEAR(DATE())-_____
ENDIF
RETURN _____
```

12. 打开银行客户关系表,输入一个控制口令控制程序的执行,若口令为 1,则把"银行代码"为"001"的所有记录加上删除标记;若口令为 2,把"银行代码"为"002"的所有记录加上删除标记;若口令为 3,把"银行代码"为"003"的所有记录加上删除标记。请将程序填写完整。

```
程序:
CLEAR
USE 银行客户关系表   EXCLUSIVE
BROWSE LAST
WATT "请输入你的选择:(1-3)" TO yhdm
DO CASE
CASE _____
```

```
        DELETE ALL FOR 银行代码＝"001"
        BROWSE ALL FOR 银行代码＝"001"
        RECALL
    CASE _____
        DELETE ALL FOR 银行代码＝"002"
        BROWSE ALL FOR 银行代码＝"002"
        RECALL
    CASE _____
        DELETE ALL FOR 银行代码＝"003"
        BROWSE ALL FOR 银行代码＝"003"
        RECALL
    ENDCASE
    BROWSE
    USE
```

13. 下列程序的功能是计算：

$s=1/(1*2)+1/(3*4)+1/(5*6)+\cdots+1/(n*(n+1))+\cdots$ 的近似值，当 $1/(n*(n+1))$ 的值小于 0.00001 时，停止计算。

```
    s＝0
    i＝1
    DO WHILE . T.
        p＝_____
        s＝s+1/p
        IF 1/p＜0. 00001
        _____
        ENDIF
        i＝i+2
    ENDDO
```

14. 在 jwgl 数据库中有一个成绩表(cj. dbf)，表结构如下：

表 6－1　cj 表的结构

成绩表(cj. dbf)		
学号	xh	C,6
课程代号	kcdh	C,2
成绩	cj	N,3

表 6 - 2 cj 表的记录

xh	kcdh	cj
990201	01	78
990201	02	80
990201	03	80
990201	04	73
990201	05	82
990201	06	95
990202	02	62
990202	03	69
990202	04	93
990202	05	95
990202	06	84
990203	01	63

基于 cj 表,下列程序段运行后,显示的运行结果(即 rn 的值)是_____。

```
SET TALK OFF
USE cj
SET ORDER TO kcdh      && 该索引标识已建,且为普通索引(升序)
GO TOP
rn=0
DO WHILE NOT EOF()
  mkcdh=kcdh
  DO WHILE NOT EOF()
      SKIP
      IF  mkcdh<kcdh
       EXIT
      ENDIF
    ENDDO
    rn=rn+1
ENDDO
? rn
```

15. 下列程序的功能是显示职称为教授的数据记录(注:zcdh 为"01"的代表是 "教授"),请将程序补充完整。

```
SET  TALK  OFF
CLEAR
USE js
DO WHILE  _____
```

```
 CLEAR
 IF zcdh<>"01"
     SKIP

     _____

 ENDIF
 DISPLAY
 WAIT "按任意键继续!"

     _____

 ENDDO
 USE
 RETURN
```

16. 下列程序用来求 0～100 偶数之和,请将它写完整。

```
STORE  0  TO  n,s
DO  WHILE  .T.
    IF n>100

        _____

    ELSE
        s=s+n
    ENDIF
    n=n+2
ENDDO
```

17. 下列程序是用来计算 S=1! +2! +…+5! 的值,请将它写完整。

```
SET  TALK  OFF
x=1
s=0
p=1
DO  WHILE  x<=_____
    p=p*x
    s=_____
    x=_____
ENDDO
? x
RETURN
```

18. 执行下列程序后,屏幕显示的结果的行数是____,s 的值是_____。

```
a1=0
a2=1
```

```
        s＝a1＋a2
        ? STR(a1,3)＋STR(a2,3)
        DO WHILE a2＜＝15
            a2＝a1＋a2
            a1＝a2－a1
            ?? STR(a2,3)
            s＝s＋a2
        ENDDO
        ?'s='＋STR(s,3)
```

19. 完善下列"九九乘法"程序(P99. prg),使得 P99. prg 程序运行时,屏幕上显示如下乘法表:

```
        1：1
        2：2 4
        3：3 6 9
        4：4 8 12 16
        5：5 10 15 20 25
        6：6 12 18 24 30 36
        7：7 14 21 28 35 42 49
        8：8 16 24 32 40 48 56 64
        9：9 18 27 36 45 54 63 72 81
```

【"九九乘法"程序 P99. PRG 清单】

```
    SET TALK OFF
    CLEAR
    FOR m＝1 TO 9
        ? STR(m,2)＋ ':'
        FOR n＝____  to __
        ?? _____
        ENDFOR
    ENDFOR
        RETURN
```

20. 下列程序计算并显示 1 到 1000 之间所有整数的平方和。请将程序补充完整。

```
    SET  TALK  OFF
    CLEAR
    s＝_____
    FOR  i＝1  TO  _____
```

```
        s=_____
ENDFOR
?  ____
RETURN
```

21. 用两种循环步长值来求 1+2+3+…50 的值,请将程序填写完整。

程序一:

```
s=0
FOR _____
    s=s+n
ENDFOR
? s
RETURN
```

程序二:

```
s=0
FOR _____
    s=s+n
ENDFOR
? s
RETURN
```

分析:这是一个计数循环的例子,由以上两种方法可以看出,初值和终值的设定是随步长值不同而变化的,在程序一中,由于步长为1,所以省略了。缺省时,步长值默认为1。

22. 当变量 i 在奇偶之间变化时,求出下面程序的输出结果_____。

程序:

```
CLEAR
i=O
DO WHILE i<10
    IF INT(i/2)=i/2
        ??"W"
    ENDIF
    ??"T"
    i=i+1
ENDDO
```

23. 下列程序的功能是计算一个英文句子中包括几个英文单词,请补充完整。

```
cstring='The cause of the accident is under investigation.'
cstring=SPACE(1)+cstring
```

```
ncount=0
FOR n=1 TO _____
    c=SUBSTR(cstring,n,1)
    IF BETWEEN(c,'A','Z') OR BETWEEN(c,'a','z')
        c=SUBSTR(cstring,n-1,1)
        IF NOT(BETWEEN(c,'A','Z') OR BETWEEN(c,'a','z'))
            ncount=_____
        ENDIF
    ENDIF
_____
WAIT WINDOWS '英文单词个数为'+STR(ncount)
```

24. 有表 st. dbf,包括字段"笔试"（N 型)、"上机"（N 型)和"等级"（C 型)。凡笔试和上机考试均达到 80 分以上(包括 80 分)者,就在等级字段中填入"优秀"。请将程序补充完整。

```
SET  TALK  OFF
USE st
_____
IF 笔试>=80 _____    上机>=80
    _____
ENDIF
ENDSCAN
USE
RETURN
```

25. 下列两段程序是基于 xs. dbf 表的记录浏览及数据统计程序(表中已有若干个记录),分别运行两段程序,msum 与 nsum 输出结果是否相同:_____(回答"相同"或"不同")

【程序 1 清单】	【程序 2 清单】
SET TALK OFF	SET TALK OFF
USE xs	USE xs
msum=0	msum=0
DO WHILE NOT EOF()	SCAN
? xh,xm	? xh,xm
msum=msum+1	msum=msum+1
SKIP	SKIP
ENDDO	ENDSCAN
USE	USE
? msum	? msum

26. js 表中含有一个备注型字段,字段名为 jl。完善下面程序,其功能是统计"计算机"一词在 js 表的简历字段中出现的次数。注:OCCURS()函数的功能是返回前一个字符表达式在后一个字符表达式中出现的次数。

```
USE js
msum=0
SCAN
    x=jl                    && 简历字段的值赋予内存变量 x
    msum=msum+OCCURS("计算机",x)
ENDSCAN
?"计算机一词在 js 表的简历字段中共出现:"+ALLTRIM(_____)+"次"。
```

27. 已知表 cj 中有 10 条记录,并有字段"成绩",则运行下列程序的结果是_____。

```
s=0
USE cj
SCAN
    s=s+成绩
    SKIP
    ? RECNO()
ENDS
USE
RETURN
```

28. 带参数调用程序(过程或自定义函数)时,被调用程序(过程或自定义函数)的第一条可执行命令为_____。

29. 有如下程序:

```
* 主程序:main. PRG
SET TALK OFF
CLEAR
s=0
DO sub WITH 10,s
? s
RETU

* 子程序 sub. PRG
PARAMETERS d1,d2
d1=d1+d1
d2=d1*2
RETURN
```

执行主程序后 s 的值是_____。

分析:DO...WITH 语句中的实在参数除了可以是变量外,还可以是任意常数或表达式。当为常数时,直接把值传给对应的形参;当为表达式时,先求其值后把其值传给形参。主程序中变量 s 的初值为 0,s 调用子程序 sub,将数值 10 和 0 对应传给子程序中的参数 d1 和 d2,执行 d1=d1+d1 后,d1=20,再执行 d2=d1*2,d2=40,返回到主程序时 d2 将值回传给 s。因此,在主程序执行? s 时,屏幕显示 40。

30. 完善下列程序。使其实现计算数列 1! /2!,2! /3!,3! /4!,…的前 20 项之和的功能。

【程序清单】

```
nsum=0
FOR n=1 TO 20
    nsum=_____
ENDFOR
FUNCTION jc
PARAMETER x
    s=1
    FOR m=1 _____
        s=s*m
    ENDFOR
RETURN
```

31. 说明公共变量的命令关键字是_____(关键字必须拼写完整)。

32. 下例是关于参数传递的程序,求出正确结果。

程序:

```
CLEAR
STORE 3 TO a,b
STORE 2 TO c,d
DO tub WITH a,b,c,d
? b
STORE 4 TO t2,t1
STORE 1 TO t4,t3
DO tub WITH t1,t2,t3,t3
? t4

PROCEDURE tub
PARAMETER a,b,c,d
```

```
b=a＊a－4＊c＊d
DO CASE
CASE b<0
    b=120
CASE b>0
    b=210
CASE b=0
    b=100
ENDCASE
RETURN
```

　　分析：在程序开始时对 a,b 赋值为 3,对 c,d 赋值为 2。然后把实参 a、b、c、d 传递给子程序 tub,根据表达式 b=a＊a－4＊c＊d,计算出结果为－7,所以输出结果为 120,同样,以下程序执行时,根据表达式的计算结果,输出为 1。

33. 在 Visual FoxPro 中参数传递的方式有两种,一种是按值传递,另一种是按引用传递,将参数设置为按引用传递的语句是:SET UDFPARMS ＿＿＿＿＿＿＿＿＿。

34. 运行下面的程序段后,屏幕显示的运行结果是:＿＿＿＿＿＿＿＿＿。

```
SET TALK OFF
STORE 4 TO n
? s(n)


FUNCTION s
PARAMETERS x
y=1
p=0
FOR t=1 TO x
y=y＊t
p=p+y
ENDFOR
RETURN p
ENDFUNC
```

35. 在 Visual FoxPro 中如下程序的运行结果(即执行命令 DO main 后)是＿＿＿＿＿＿＿。

```
＊程序文件名:main.PRG
SET TALK OFF
CLOSE ALL
```

```
CLEAR ALL
mx="Visual FoxPro"
my="二级"
DO s1
? my+mx


 *子程序文件名:s1. PRG
PROCEDURE s1
LOCAL mx
mx="Visual FoxPro DBMS 考试"
my="计算机等级"+my
RETURN
```

36. 某表单含有 2 个标签对象、2 个文本框对象(text1, text2)、1 个形状对象(shape1)和 1 个命令按纽。其中文本框 text1 用来输入圆半径数据,文本框 text2 用于显示圆面积,形状对象 shape1 用于显示圆的图形,命令按纽的标题属性为"计算"。单击命令按纽时,应完成功能:当圆的半径的值介于 10～100 之间时(含 10 和 100),形状对象显示圆的图形,计算圆面积并显示之;当圆半径的值介于 10～100 范围以外时(不含 10 和 100),显示提示窗口,请完善下列程序。

完善下列的命令按纽的 CLICK 事件代码:

```
LOCAL x
x=THISFORM. text1. VALUE
IF  _____
    THISFORM. shape1. VISIBLE=. F.
    THISFORM. text2. VALUE=""
    =MESSAGEBOX("半径取值必须在10～100之间!",48,"提示窗口")
ELSE
    THISFORM. shape1. HEIGHT=x * 2
    THISFORM. shape1. WIDTH=x * 2
    THISFORM. shape1. VISIBLE=. T.
    THISFORM. text2. VALUE= _____
ENDIF
```

37. 阅读下列程序,给出运行结果。

```
CLEAR
n=1
FOR i=1 TO 5
```

```
        ? SPACE(6-i)
        FOR j=1 TO 2*i-1
            ?? CHR(ASC('A')+n)
        ENDFOR
        n=n+1
    ENDFOR
    RETURN
```

38. 在当前数据库中有一个 xs 表,该表已经按 xm 字段为结构复合索引文件建立了一个名为 xm 的普通索引标识符,执行下列程序将把 xs 表中 xm 重复的记录只保留第一条记录,而把其余的记录彻底删除。

```
    SET TALK OFF
    USE xs
    SET ORDER TO xm
    name=xm
    SKIP
    DO WHILE  .NOT.EOF( )
        name1=xm
        IF  name=name1
            _____

        ELSE
            name=name1
        ENDIF
        _____

    ENDDO
    _____
    USE
    RETURN
    SET TALK ON
```

39. 数据库表文件 cj.dbf 用于存放学生成绩,其字段有:xh(学号,字符型),kcdh(课程代号,字符型),cj(成绩,数值型)。下述程序的功能是:查找至少有两门课不及格(成绩小于 60 分)的所有学生的学号以及不及格课程的门数。完成下列程序。

```
    SET TALK OFF
    USE cj
    INDEX ON xh TO cjxh
    DO WHILE .NOT. EOF()
```

```
mxh=xh
n=0
Do while xh=mxh
 If ____
    n=n+1
 Endif
 Skip
enddo
IF _____
   ? xh,_____
ENDIF
ENDDO
USE
RETURN
```

三、实　验

实验一　顺序程序文件

目的和要求

通过本次实验,掌握顺序程序文件的设计及其调用。

实验准备工作

(1) 启动 VFP6.0,并设置默认文件目录为 d:\data

(2) 打开项目文件 jwgl,选择"代码"选项卡,选中"程序",按"新建"命令按钮,会弹出新建程序对话框,等待输入程序源代码。

实验内容

1. 创建顺序结构的程序体(如图 6-1)。程序清单如下:

```
  * 由键盘输入 3 个数,求和、求平均值
CLEAR
SET TALK OFF          && 结果在程序执行完毕后在屏幕显示
INPUT "x1=" TO x1
INPUT "x2=" TO x2
INPUT "x3=" TO x3
s=x1+x2+x3
v=s/3
?"s=",s
```

```
?"v=",v
SET TALK ON
RETURN
```

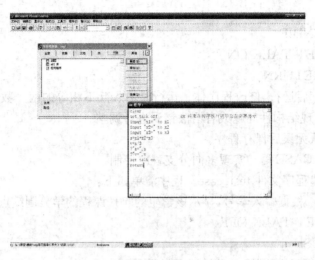

图 6-1　顺序程序文件

2. 保存后运行、修改程序体。运行时输入任意的 3 个数,检查结果的正确性,若出现结构性问题或者语法错误进行调整。

3. 确认无误后保存程序。

实验二　分支程序文件

目的和要求

通过本次实验,掌握分支程序文件中双向分支和多向分支的设计及其调用。

实验准备工作

(1) 启动 VFP6.0,并设置默认文件目录为 d:\data

(2) 打开项目文件 jwgl,选择"代码"选项卡,选中"程序",按"新建"命令按钮,会弹出新建程序对话框,等待输入程序源代码。

实验内容

1. 利用 IF 语句实现双向分支程序控制

(1) 创建程序文件 test_if。程序清单如下:

```
NOTE 由键盘输入互不相等的两个数,由大到小输出
CLEAR
SET TALK OFF
INPUT "x1=" TO x1
INPUT "x2=" TO x2
```

```
IF x1>x2
    ? x1,x2
ELSE
    ? x2,x1
ENDIF
SET TALK ON
RETURN
```

（2）保存后运行、修改程序体。运行时输入互不相等的两个数,检查结果的正确性,若出现结构性问题或者语法错误进行调整。

（3）确认无误后保存程序。

2. 利用 CASE 语句实现多向分支程序控制

（1）创建程序文件 test_case。程序清单如下：

```
*  根据输入学号,显示该学生的"01"课程的学分制绩点
SET TALK OFF
USE cj
ACCEPT "输入学号:" TO 学号
xf=0
LOCATE FOR xh=学号. AND. kcdh="01"
IF FOUND()
    DO CASE
    CASE cj>=90
        xf=4
    CASE cj>=85
        xf=3.5
    CASE cj>=80
        xf=3
    CASE cj>=75
        xf=2.5
    CASE cj>=70
        xf=2
    CASE cj>=65
        xf=1.5
    CASE cj>=60
        xf=1
    OTHERWISE
        xf=0
```

```
        ENDCASE
        ?"学号:", 学号
        ?"学分值为:", xf
    ELSE
        ?"请重新输入!"
    ENDIF
    USE
    RETURN
```

（2）保存后运行、修改程序体。运行时输入学生的学号,根据 cj 表中数学科目的成绩,返回该课程的学分制绩点。检查结果的正确性,若出现结构性问题或者语法错误进行调整。

（3）确认无误后保存程序。

实验三 循环程序文件

目的和要求

通过本次实验,掌握循环程序文件中"当"循环、"计数"循环和"指针"循环的设计及其调用。

实验准备工作

（1）启动 VFP6.0,并设置默认文件目录为 d:\data

（2）打开项目文件 jwgl,选择"代码"选项卡,选中"程序",按"新建"命令按钮,会弹出新建程序对话框,等待输入程序源代码。

实验内容

1. 利用 DO WHILE 语句实现"当"循环程序控制。

（1）创建程序文件 test_do。程序清单如下:

```
    *  计算 1 到 100 以内的奇数求和
    CLEAR
    SET TALK OFF
    s=0          && 累加器 S 清零
    i=1
    DO WHILE i<=100
        s=s+i
        i=i+1
    ENDDO
    ?"s=", s
    SET TALK ON
    RETURN
```

（2）保存后运行、修改程序体。检查结果的正确性，若出现结构性问题或者语法错误进行调整。

（3）确认无误后保存程序。

2. 利用 FOR 语句实现"计数"循环程序控制。

（1）创建程序文件 test_for。程序清单如下：

```
*  计算 1 到 100 以内的偶数求和
CLEAR
SET TALK OFF
s=0                && 累加器 S 清零
FOR i=0 TO 100 STEP 2
    s=s+i
ENDFOR
?"s=",s
SET TALK ON
RETURN
```

（2）保存后运行、修改程序体。检查结果的正确性，若出现结构性问题或者语法错误进行调整。

（3）确认无误后保存程序。

3. 利用 SCAN 语句实现"指针"循环程序控制。

（1）创建程序文件 test_scan。程序清单如下：

```
*  显示学生表中偶数记录的学生的学号、姓名，并显示偶数记录的
记录总个数
CLEAR
SET TALK OFF
USE xs
m=0
SCAN FOR RECNO()%2=0
    ? xh,xm
    m=m+1
ENDSCAN
USE
? m
SET TALK ON
RETURN
```

（2）保存后运行、修改程序体。检查结果的正确性，若出现结构性问题或者语法错误进行调整。

（3）确认无误后保存程序。

实验四 自定义过程或自定义函数的使用

目的和要求

通过本次实验,掌握变量的分类以及作用域、自定义过程或自定义函数的设计及其调用。

实验准备工作

（1）启动 VFP6.0,并设置默认文件目录为 d:\data

（2）打开项目文件 jwgl,选择"代码"选项卡,选中"程序",按"新建"命令按钮,会弹出新建程序对话框,等待输入程序源代码。

实验内容

1. 变量的分类以及作用域

创建程序文件 test_procedure。程序清单如下:

```
NOTE   普通型、公共型、私有型内存变量参数传递程序
* 主程序
SET TALK OFF
CLEAR
PRIVATE c
a=1
b=2
c=3
e=4
?"主程序中原 a,b,c,e 的值是:"
? a,b,c,e
WAIT WINDOW
DO sub1                          && 调用子程序 sub1
?"调用子程序后 a,b,c,e,f 的值是:"
? a,b,c,e,f
SET TALK OFF
RETURN

 * 子程序 sub1.prg
PRIVATE a
PUBLIC f
a=4
b=5
```

c＝6

F＝8

?"子程序中的 a,b,c,f,e　的值分别是："

? a,b,c,f,e

RETURN

运行主程序后,输出结果如下:

主程序中原 a,b,c,e 的值是:

　　　1　　　2　　　3　　　4

子程序中的 a,b,c,f,e 的值分别是:

　　　4　　　5　　　6　　　8　　　4

调用子程序后 a,b,c,e,f 的值是:

　　　1　　　5　　　6　　　4　　　8

2. 创建和调用自定义过程

创建程序文件 test_procedure。程序清单如下:

```
* 求 x! 阶层
PROCEDURE x
PARAMETERS n
n1＝1
DO WHILE n1<=n
    s1＝s1 * n1
    n1＝n1+1
ENDDO
RETURN x
```

3. 创建和调用自定义函数

创建程序文件 test_function。程序清单如下:

```
* 求圆的面积
SET TALK OFF
CLEAR
INPUT "请输入圆的半径:" TO  r
?"圆的面积 s＝",area(r)          && 调用自定义函数
SET TALK ON
RETURN

FUNCTION area(k)
    m＝PI() * k^2              && PI()是内部函数,它返回 π 值
```

```
        RETURN m
    ENDFUNC
```

4. 实现形参和实参的值传递

创建程序文件 test。程序清单如下：

```
CLEAR
SET TALK OFF
STORE 100 TO x1,x2
SET UDFPARMS TO VALUE        && 按值传递
DO p1 WITH x1,(x2)    && 变量两边加"()"是强制性地按值传递
?"第一次",x1,x2
STORE 100 TO x1,x2
=p1(x1,(x2))
?"第二次",x1,x2
SET UDFPARMS TO REFERENCE      && 按地址传递
DO p1 WITH x1,(x2)
?"第三次",x1,x2
STORE 100 TO x1,x2
=p1(x1,(x2))
?"第四次",x1,x2
SET TALK ON
RETURN

PROCEDURE p1
PARAMETERS x1,x2
x1=x1+1
x2=x2+1
RETURN
```

运行程序结束后，结果如下：

第一次	101	100
第二次	100	100
第三次	101	100
第四次	101	100

第七章 面向对象设计基础

一、学习要点

1. 掌握对象、属性、事件和方法的概念。

2. 掌握类的基本概念和性质,掌握最小事件集和最小属性集,分清容器类和控件类。

3. 掌握表单集的创建移除、表单集下添加新表单、移除表单、添加新属性新方法。

4. 掌握对象的两种引用方法:绝对引用和相对引用。

5. 掌握设置对象属性值和调用对象程序的方法。

6. 了解面向对象程序设计的事件驱动模型和消息传递机制。

7. 掌握 VFP 事件处理机制的两条一般性原则和两条例外情况。

8. 掌握主要事件触发顺序。

二、习 题

一、选择题

1. 下列几组控件中,均为容器类的是_____。
   A. 表单集、列、组合框　　　　　　B. 页框、页面、表格
   C. 列表框、列、下拉列表框　　　　D. 表单、命令按钮组、OLE 控件

2. 如果表单中有一命令按钮组,且已分别为命令按钮组和命令按钮组中的各个命令按钮设置了 Click 事件代码,则在表单的运行过程中单击某命令按钮时,系统执行的代码是_____。
   A. 该命令按钮的 Click 事件代码
   B. 该命令按钮组的 Click 事件代码
   C. 先执行命令按钮组的 Click 事件代码,后执行该命令按钮的 Click 事件代码
   D. 先执行命令按钮的 Click 事件代码,后执行按钮组的 Click 事件代码

3. 假定表单(frm2)上有一个文本框对象 text1 和一个命令按钮组对象 cg1,命令按钮组 cg1 包含 cd1 和 cd2 两个命令按钮。如果要在 cd1 命令按钮的某个方法中访问文本框对象 text1 的 Value 属性,下列表达始终正确的是_____。
   A. This. ThisForm. text1. Value
   B. This. Parent. Parent. text1. Value

  C. Parent. Parent. text1. Value

  D. This. Parent. text1. Value

4. 如果要引用一个控件所在的表单对象,则可以使用下列关键字_____。

  A. This   B. ThisForm   C. Parent   D. 都可以

5. 对于同一个对象,下列事件:When,Valid,GotFocus,LostFocus 发生的顺序为_____。

  A. When,GotFocus,LostFocus,Valid

  B. When,GotFocus,Valid,LostFocus

  C. GotFocus,When, LostFocus,Valid

  D. GotFocus,When,Valid, LostFocus

6. 下列几组基类中,均为容器类的是_____。

  A. 表单集、列、文本框   B. 页框、选项按钮组、表格

  C. 列表框、列、下拉组合框   D. 表单、命令按钮组、线条

7. 如果要引用一个控件所在的直接容器对象,则可以使用下列关键字_____。

  A. This   B. ThisForm   C. Parent   D. 都可以

8. 如果要引用一个控件所在的表单集对象,则可以使用下列关键字_____。

  A. This   B. ThisForm   C. Parent   D. 都可以

9. 所有基类均能识别的事件是_____。

  A. Click   B. Load   C. Error   D. RightClick

10. 终止事件循环的命令为_____。

  A. Read Events   B. Clear Events

  C. Do While …Eendo   D. For … Endfor

11. 建立事件循环的命令为_____。

  A. Read Events   B. Clear Events

  C. Do While … Eendo   D. For … Endfor

12. 下列关于类与对象的说法中错误的是_____。

  A. VFP 类包括容器类和控件类

  B. 类是对象的抽象,对象是类的具体实例

  C. 类具有继承性、封装性、多态性

  D. 在创建类时,根据需要我们可以为类添加新的属性、事件和方法

13. 下列几组基类中,均为控件类的是_____。

  A. 表单集、标签、文本框   B. 页框、选项按钮组、表格

  C. 列表框、文本框、下拉组合框   D. 列、命令按钮、形状

14. 下列几组基类中,均为容器类的是_____。

  A. 表单集、列、文本框   B. 页框、选项按钮组、表格

  C. 列表框、列、下拉组合框   D. 表单、命令按钮组、线条

15. 面向对象程序设计方法通过_____驱动实现系统功能。

    A. 过程   B. 事件   C. 方法   D. 命令

16. 下面_____特性不是类的基本特性。

    A. 多态性   B. 继承性   C. 封装性   D. 原生性

二、填空题

1. 根据对象能否包容子对象来划分,对象可以分为_____和控件类两种类型。

2. 基类的事件集合是固定的,不能进行扩充。基类的最小事件集包括_____事件、Destroy 事件和 Error 事件。

3. 引用当前表单集的关键字是_____。

4. 某表单 Form1 上有一个命令按钮组 Cmg,其中有两个命令按钮(分别为 cmd1 和 cmd2),要在 cmd1 的 Click 事件代码中设置 cmd2 为不可用,其代码为:

    This._____.cmd2.Enabled=.F.

5. 设某表单(frm1)上有一个文本框(text1)和一个命令按钮(command1)。该表单运行时,单击命令按钮 command1,则文本框 text1 中显示当前系统日期。由此,命令按钮 command1 的 Click 事件程序代码中必须写入的命令为:

    ThisForm.text1.Value=_____

6. Visual FoxPro 系统中基类的事件集合是固定的,不能进行扩充。它的最小事件集合包括 Init 事件,Destroy 事件和_____事件。

7. 写出释放所在表单的程序代码_____。

8. 表单中包含一个页框控件,页框控件包含的页面数由 PageCount 属性指定;对页框控件所在表单使用 Refresh 方法时,刷新页框的_____页面。

9. _____是基于某种类所创建的实例,包括了数据和过程。

10. 属性定义对象的特征或某一方面的行为,_____是由对象识别的一个动作,方法是对象能够执行的一个操作。

11. 类具有继承性、_____、封装性和抽象性。

12. 基类的最小事件集包括 Init 事件、_____事件和_____事件。

13. VFP 的类可以分为两大类型:容器类和_____。

14. 创建对象时触发_____事件。

15. 与 ThisForm.Release 功能等价的命令是_____。

16. ThisForm.Refresh 的功能是_____。

17. AddItem 方法的功能是_____。

18. RemoveItem 方法的功能是_____。

19. 子类延用父类特征的能力是类的_____性;允许相关的对象对同一消息做出不同反应是类的_____性;说明包含和隐藏对象信息(如内部数据结构和

代码)的能力,使操作对象的内部复杂性与应用程序的其他部分隔离开来,是类的_____性。

20. 系统提供的类称为_____,由其他类派生的类称为_____。

21. _____定义对象的特征或某一方面的行为,事件是由对象识别的一个动作,方法是对象能够执行的一个操作。

22. 属性定义对象的特征或某一方面的行为,事件是由对象识别的一个动作,_____是对象能够执行的一个操作。

23. 对象引用的方法包括_____引用和_____引用。

24. VFP的对象有两种类型的层次关系:_____层次和_____层次。

25. 对_____和_____控件,如果组中个别按钮没有编写事件代码,当该按钮某事件触发时,将执行组的相关事件代码。

第八章　表单、控件及类的设计

一、学习要点

1. 掌握表单设计器的使用，掌握表单向导的使用。

2. 掌握数据环境设计器的使用，包括数据环境的功能、打开、添加表和视图、从数据环境添加控件到表单、常用属性（AutoCloseTable、AutoOpenTable、InitialSelectedAlias 等）。

3. 掌握表单集的创建移除、表单集下添加新表单、移除表单、添加新属性新方法。

4. 掌握表单对象的常用属性（AlwaysOnTop、AutoCenter、BackColor、BorderStyle、Caption、Closable、ControlBox、Height、Icon、Left、MaxButton、MinButton、Movable、Name、Top、Width、WindowState 等）的设置，常用事件（Load、Init、Destory 等）和常用方法（Refresh、Release、Show 等）的应用。

5. 掌握通过"表单控件"工具栏向表单中添加控件的方法。

6. 掌握表单文件的运行，包括命令、菜单和工具栏按钮方式。

7. 掌握页框控件和其下属页面控件常用属性（ActivePage、BackColor、BorderStyle、Caption、Name、PageCount、Tabs 等）的设置和使用，常用方法（Refresh 等）的应用。

8. 掌握标签控件常用属性（Alignment、AutoSize、Caption、BackColor、BackStyle、FontBold、FontName、FontSize、ForeColor、Name、WordWrap 等）的设置。

9. 掌握文本框控件和编辑框常用属性（Alignment、BackColor、BackStyle、Caption、ControlSource、ForeColor、FontBold、FontName、FontSise、Format、InputMask、Name、PasswordChar、ReadOnly、ScrollBars、SelStart、SelLength、Value 等）的设置和使用，常用事件（When、GotFocus、Valid、LostFocus 等）的使用和常用方法（SetFocus 等）的应用。

10. 掌握复选框常用属性（Alignment、BackColor、BackStyle、Caption、ControlSource、ForeColor、FontBold、FontName、FontSise、Name、ReadOnly、Value 等）的设置。

11. 掌握微调控件常用属性（Alignment、BackColor、ControlSource、ForeColor、FontBold、FontName、FontSise、Increment、KeyBoardHighValue、KeyBoardLowValue、Name、ReadOnly、SpinnerHighValue、SpinnerLowValue、Value 等）的设置。

12. 掌握命令按钮和命令按钮组常用属性(AutoSize、ButtonCount、Cancel、Caption、Default、Enabled、ForeColor、FontBold、FontName、FontSise、Name、Picture、Value 等)的设置和使用,常用事件(Click、DblClick、RightClick 等)的使用和常用方法(SetFocus、SetAll 等)的应用。

13. 掌握列表框和组合框常用属性(Alignment、BackColor、BoundColumn、ControlSource、ColumnCount、ForeColor、FontBold、FontName、FontSise、List-Count、ListIndex、MultiSelect、Name、ReadOnly、RowSource、RowSourceType、Value 等)的设置和使用,常用事件(InteractiveChange 等)的使用。

14. 掌握表格控件及其下属列控件、标头控件常用属性(ColumnCount、Caption、ControlSource、DeleteMark、DynamicFontName、DynamicFontSize、DynamicForeColor、ForeColor、FontBold、FontName、FontSise、Name、RecordSource、RecordSourceType、等)的设置和使用。

15. 掌握计时器常用属性(Enabled、Interval、Name 等)的设置和使用,常用事件(Timer 等)的使用。

16. 掌握 OLE 绑定控件、OLE 容器控件、图像、线条、形状等控件的基本属性(ControlSource、Curvature、BorderWidth、Picture 等)的设置和使用。

17. 掌握访问键的设置、工具提示文本的设置(ToolTipsText、ShowTips 等属性)。

18. 掌握通过表单设计器,将设计好的表单集、表单或者控件另存为类的方法创建子类。

19. 掌握通过类设计器创建子类。

20. 掌握在表单上根据创建好的子类添加控件的方法。

二、习　题

一、选择题

1. 以下几组控件中,均可直接添加到表单中的是_____。
   A. 命令按钮组、选项按钮、文本框　　　B. 页面、页框、表格
   C. 命令按钮、选项按钮组、列表框　　　D. 页面、选项按钮组、组合框

2. 以下几组控件中,均具有 ControlSource 属性的是_____。
   A. EditBox,Grid,ComboBox　　　　C. ComboBox,Grid,Timer
   B. ListBox,Label,OptionButton　　　D. CheckBox,EditBox,OptionButton

3. 对于表单来说,用户可以设置其 ShowWindow 属性。该属性的取值可以为_____。
   A. 在屏幕中或在顶层表单中或作为顶层表单
   B. 普通或最大化或最小化

C. 无模式或模式

D. 平面或 3 维

4. 表单的 WindowsType 属性值可设为_____。

    A. 默认数据工作期和私有数据工作期

    B. 普通、最大化和最小化

    C. 无模式和模式

    D. 无边框、单线边框、固定对话框和可调边框

5. 在运行表单时，为设置属性值或指定操作的默认值，有时需要将参数传递到表单。若要将参数传递到表单，则应在表单的_____事件代码中包含 PARAMETERS 语句。

    A. Load   B. Init   C. Destroy   D. Activate

6. 运行某个表单，表单 Load，Init，Activate 事件的触发顺序为_____。

    A. Init，Load，Activate   B. Load，Init，Activate

    C. Init，Activate，Load   D. Activate，Init，Load

7. 如果要引用一个控件所在的表单集对象，则可以使用下列关键字_____。

    A. This   B. ThisFormSet   C. Parent   D. 都可以

8. 一个表单集中包含一个表单，该表单中包含一个命令按钮，释放表单集时，下列事件中最先发生的事件是_____。

    A. 表单集的 Destroy 事件   B. 表单的 Destroy 事件

    C. 命令按钮的 Destroy 事件   D. 表单集的 Unload 事件

9. 文本框绑定到一个字段后，对文本框中的内容进行输入或修改时，文本框中的数据将同时保存到_____。

    A. Value 属性和 Name 属性中   B. Value 属性和该字段中

    C. Value 属性和 Caption 属性中   D. Name 属性和该字段中

10. 若从表单的数据环境中，将一个逻辑型字段拖放到表单中，则在表单中添加的控件个数和控件类型分别是_____。

    A. 1，文本框   B. 2，标签与文本框

    C. 1，复选框   D. 2，标签与复选框

11. 页框对象的集合属性和计数属性可以对页框上所有的页面进行属性修改等操作。页框对象的集合属性和计数属性的属性名分别为_____。

    A. Pages，Pagecount   B. Forms，FormCount

    C. Buttons，ButtonCount   D. Controls，ControlCount

12. 我们要使得每 2 秒触发一次 Timer 事件，Timer 控件的 Interval 属性值应该设置为_____。

    A. 2   B. 200   C. 20000   D. 2000

13. 如果 ListBox 对象的 RowSourceType 设置为 6，以一个表的字段为行数据

源,则_____。

 A. 在数据环境中添加此表,运行时用户从列表中选择数据,将移动此表的
  记录指针

 B. 在数据环境中添加此表,运行时可使用 AddItem 方法,对列表增加新项

 C. 在数据环境中不必添加此表,ListBox 会找到表文件

 D. 列表不能使用多列方式

14. 如果 ComboBox 对象的 RowSourceType 设置为 3,则在 RowSource 属性中
 写入的 SELECT 语句,通常包含_____子句。

 A. GROUP BY   B. ORDER BY

 C. INTO TABLE   D. INTO CURSOR

15. 如果要在列表框中一次选择多个项(行),必须设置_____属性为. to.

 A. MultiSelect   B. ListItem   C. Controlsource D. Enabled

16. 下面关于列表框和组合框的陈述中,哪个是正确的_____。

 A. 列表框和组合框都可以设置成多重选择

 B. 列表框可以设置成多重选择,而组合框不能

 C. 组合框可以设置成多重选择,而列表框不能

 D. 列表框和组合框都不能设置成多重选择

17. 确定列表框内的某个条目是否被选定应使用的属性是_____。

 A. value   B. ColumnCount C. ListCount   D. Selected

18. 如果表单中有一命令按钮组,且已分别为命令按钮组和命令按钮组中的各
 个命令按钮设置了 Click 事件代码,则在表单的运行过程中单击某命令按钮
 时,系统执行的代码是_____。

 A. 该命令按钮的 Click 事件代码

 B. 该命令按钮组的 Click 事件代码

 C. 先命令按钮组的 Click 事件代码,后命令按钮的 Click 事件代码

 D. 先命令按钮的 Click 事件代码,后命令按钮组的 Click 事件代码

19. 在创建表单选项按钮组时,下列说法中正确的是_____。

 A 选项按钮的个数由 Value 属性决定

 B. 选项按钮的个数由 Name 属性决定

 C. 选项按钮的个数由 ButtonCount 属性决定

 D. 选项按钮的个数由 Caption 属性决定

20. 设表单中某命令按钮组合包含 3 个命令按钮,现在要求让第二个命令按钮
 失去作用,应设置_____的 Enabled 属性值为. F.

 A. 命令按钮组   B. 任一命令按钮

 C. 第二个命令按钮   D. 所有命令按钮

21. 为表单 MyForm 添加事件或方法代码,改变该表单中的控件 cmd1 的 Cap-

tion 属性的正确命令是_____。

    A. MyForm. cmd1. Caption="最后一个"

    B. This. parent. cmd1. Caption="最后一个"

    C. ThisForm. cmd1. Caption="最后一个"

    D. ThisFormset. cmd1. Caption="最后一个"

22. 用 Grid 控件显示动态查询的结果,通常应设定其_____属性值为 SQL 语句内容。

    A. Controlsource   B. Rowsource   C. Recordsource D. Datasource

23. Grid 默认包含的对象是_____。

    A. Header   B. TextBox   C. Column   D. EditBox

24. 要将表 cj. dbf 与 Grid 对象绑定,应设置 Grid 对象的两个属性的值如下_____。

    A. RecordSourceType 属性为 Cj,RecordSource 属性为 0

    B. RecordSourceType 属性为 0,RecordSource 属性为 Cj

    C. RowSourceType 属性为 0,RowSource 属性为 Cj

    D. RowSourceType 属性为 Cj,RowSource 属性为 0

25. 对微调控件,应通过设定_____属性来设定用户鼠标单击微调按钮的变更值。

    A. Interval   B. Increment   C. InputMask   D. Value

26. 绑定型控件是指其内容与表、视图或查询中的字段或内存变量相关联的控件。当某个控件被绑到一个字段时,移动记录指针后如果字段的值发生变化,则该控件的_____属性的值也随之发生变化。

    A. Control   B. Name   C. Caption   D. Value

27. 决定微调控件最大值的属性是_____。

    A. Keyboardhighvalue   B. Value

    C. Keyboardlowvalue   D. Interval

28. 下列控件不可以直接添加到表单中的是_____。

    A. 命令按钮   B. 命令按钮组   C. 选项按钮   D. 选项按钮组

29. MyLabel 是派生于标签基类的子类,该子类的 BackColor 属性为红色。在某表单上创建一个基于 Mylabel 类的标签对象 Lb1 ,该对象的 BackColor 属性为黄色,则当运行该表单时,Lb1 对象的背景颜色是_____。

    A. 灰色   B. 红色

    C. 黄色   D. 红色与黄色的调配色

30. 设 cmd 是一个用户创建的命令按钮子类,并设置了 Click 事件代码。在某表单中基于 cmd 类创建了一个命令按钮,则在该命令按钮的 Click 事件代码编辑窗口中,_____。

  A. cmd 类的 Click 事件代码可视,但不能被修改

  B. cmd 类的 Click 事件代码可视,但能被修改

  C. cmd 类的 Click 事件代码不可视,且运行表单并单击按钮时该 Click 事件代码不被执行

  D. cmd 类的 Click 事件代码不可视,且运行表单并单击按钮时该 Click 事件代码被执行

二、填空题

1. 要使表单中各个控件的 ToolTipText 属性的值在表单运行中起作用,必须设置表单的 ShowTips 属性的值为_____。

2. 引用当前表单集的关键字是_____。

3. 表单集的_____属性中存放了表单集中的表单对象的数目,可利用该属性循环遍历表单集中的所有表单,并执行某些操作,该属性在设计时不可用,运行时只读。

4. 事件是对象能够识别的一个动作,方法是对象能够执行的一组操作。对于 SetFocus 和 GotFocus,_____是方法,_____是事件。

5. 标签控件是用以显示文本的图形控件。标签控件的主要属性的功能有:Caption 属性、BackStyle 属性、AutoSize 属性以及 WordWrap 属性等。其中 WordWrap 属性的功能是_____。

6. 在"表单设计器"中设计的表单有一标签控件,如图 8 - 1 所示。根据图中的情况,标签控件的 AutoSize 属性值为_____,WordWrap 属性值为_____,Caption 属性值为_____。

图 8 - 1　标签控件应用

7. 设某表单的背景色为浅蓝色,该表单上某标签的背景色为黄色。当该标签的 BackStyle 属性值设置为"0－－透明"时,运行该表单时该标签对象显示的背景色为_____。

8. 文本框_____属性设置为"＊"时,用户键入的字符在文本框内显示为"＊",但属性 Value 中仍保存键入的字符串。

9. 将文本框对象的_____属性设置为"真"时,则表单运行时,该文本框可以获得焦点,但文本框中显示的内容为只读。

10. 编辑框(EditBox)的用途与文本框(TextBox)相似,但编辑框除了可以编辑文本框能编辑的字段类型以外,还可以编辑_____型字段。

11. 复选框控件只适用于＿＿＿＿型字段和＿＿＿＿＿＿型字段。

12. 表单中包含一个页框控件,页框控件包含的页面数由＿＿＿＿＿＿属性指定;对页框控件所在表单使用 REFRESH 方法时,刷新页框的＿＿＿＿＿＿页面。

13. 某表单中有一个命令按钮,该命令按钮的 Click 事件过程代码中含有一条命令可以将该表单中的页框 pg1 的活动页面改为第三个页面,该命令是 ThisForm. pg1.＿＿＿＿＿＿＝3。

14. 计时器是用来处理复发事件的控件。该控件正常工作的三要素是:Timer事件、Enabled 属性和＿＿属性。

15. 计时器是在应用程序中用来处理复发事件的控件,其典型应用是检查系统时钟,决定是否到了某个程序或应用程序运行的时间。其 Interval 属性用于指定计时器控件的＿＿＿＿＿＿事件之间的时间间隔,单位为毫秒。

16. 对于计时器控件,如果将 Interval 属性值设置为 100,则 Timer 事件发生的时间间隔为＿＿＿秒。

17. 形状控件的 Curvature 属性决定形状控件显示什么样的图形,它的取值范围是 0～99。当该属性的值为＿＿＿＿＿＿时,用来创建矩形。

18. 设表单上某形状控件的 Height 属性与 Width 属性值相等,则 Curvature 属性值为＿＿＿＿时该形状为圆。

19. 列表框对象的数据源由 RowSource 属性和＿＿＿＿＿＿属性决定。而要将列表框中的值与表中的某个字段绑定,则应该利用＿＿＿＿＿＿＿＿属性。

20. 列表框(ListBox)主要用于显示一组预定的值,用户从列表中可以选择需要的数据。列表框中选择的数据(值)保存在何处由＿＿＿＿＿＿属性决定。

21. 一个 ComboBox 下拉列表对象中,属性 Enable 的值为＿＿＿＿＿＿时,对象才能响应用户引发的事件。

22. 组合框有两种类型,分别为＿＿＿＿＿＿,＿＿＿＿＿＿。

23. 若命令按钮组及其所包含的各命令按钮分别设置了 Click 事件代码,Visual FoxPro 系统将根据用户单击的位置执行相应的程序代码;若单击命令按钮组区域内、命令按钮区域之外的地方,＿＿＿＿＿＿的 Click 事件将被触发;而单击命令按钮组内某一命令按钮,则相应命令按钮的 Click 事件被触发。

24. 某表单 Form1 上有一个命令按钮组 cmg,其中有两个命令按钮(分别为cmd1 和 cmd2),要在 cmd1 的 Click 事件代码中设置 cmd2 不可用,其代码为:

  This.＿＿＿＿＿＿. cmd2. Enabled＝. F.

25. 某表单中含有一个命令按钮。要求运行表单时,单击该命令按钮可以调用表单的 Init 事件中的全部程序代码,则需要在命令按钮的 Click 时间中写入语句＿＿＿＿＿＿。

26. 在某表单运行时,表单上某个命令按钮标题显示为"取消(X)",则该命令按钮的 Caption 属性值为_____。

27. Buttoncount 属性是用来定义命令按钮组控件的_____个数。

28. 一对多表单中的表格显示的是_____的数据。

29. 表格是一个容器对象，它能包含的对象是_____。

30. 如图 8-2 所示的表单中有一个选项按钮组。如果选项按钮组的 Value 属性的默认值为1，则当选择选项按钮 B 时，选项按钮组的 Value 属性为_____；如果将选项按钮组的 Value 属性的默认值设置为"B"，则当选择按钮 C 时，选项按钮组的 Value 属性值为_____。

图 8-2 选项按钮组应用

31. 选项按钮组（Optiongroup1）上设定两个选项按钮，分别为 Option1、Option2，应设定其 ButtonCount 属性值为_____。要将其用于显示表中性别字段（字符型）内容，内容为'男'或'女'，应分别设定 Option1、Option2 的_____属性为'男'和'女'，并设定 Optiongroup1 的_____属性绑定该数据源。

32. 设有 kscj 表（考试成绩表）、xx 表（学校字典表）和 temp（临时表）：
    (1) kscj 表包含两个字段："准考证号"（zkz C(10)）和"成绩"（cj N(3)），其中，准考证的组成结构为"3 位学校代号＋2 位语种代号＋3 位考场号＋2 位顺序号"；
    (2) xx 表包含两个字段："学校代号"（dh C(3)）和"学校名称"（mc C(32)）；
    (3) temp 表包含两个字段："学校代号"（dh C(3)）和"结果"（jg N(6,2)）。

图 8-3 表单应用

对于图 8-3 所示的表单，列表框、"平均成绩"命令按钮、"合格人数"命令按钮和表格控件的 Name 属性值分别为 LST1、CM1、CM2 和 GTP，表格控件的数据源为 temp 表。表单执行时，用户在列表框中选择某个学校后，单击"平均成绩"则在表格控件中显示该学校各个语种的平均成绩，单击"合格人数"则在表格控件中显示该学校各个语种的合格人数,且表格第 2 列的标头控件的标题与命令按钮的标题一致。

根据上述的功能要求,完善"平均成绩"命令按钮的 Click 事件代码:

```
SELECT SUBS(zkz,4,2) AS dh, AVG(cj) AS JG;
    FROM kscj;
    WHERE LEFT(zkz,3)=_____;
    GROUP BY 1;
    INTO TABLE tempX
SELE temp
ZAP
APPEND FROM _____
GOTO TOP
ThisForm. gtp. Column2. Header1. Caption=This. Caption
ThisForm. Refresh
```

33. 设表 xs. dbf 的表结构如下:

表 8-1 xs 表结构

字段名	类型	长度	含义
XH	C	6	学号
XM	C	8	姓名
XB	C	2	性别
CSRQ	D	8	出生日期
XIMING	C	18	系名

现有一个基于数据环境为 xs 表的表单,表单上含有两个列表框,"系名列表"(List1)显示各个系的系名,"学生名单"(List2)显示学生的学号和姓名。当选中系名列表中的某个系,在"学生名单"列表中仅显示相应的学生的学号和姓名。

"学生名单"列表框的 ColumnCount 属性最小可为_____。

"系名列表"的 InteractiveChange 事件代码为:

```
xxmm=This. __
ThisForm. list2. RowsourceType=3
ThisForm. list2. Rowsource = "SELECT xh, xm FROM xs WHERE;
ximing=_____INTO CURSOR temp"
ThisForm. Refresh
```

34. 某数据库中包含课程(kc)表和成绩(cj)表,课程表中含有课程代号(kcdh)、课程名(kcm)和学分(xf)等字段,成绩表中含有学号(xh)、课程代号(kcdh)和成绩(cj)等字段。已创建一个按课程代号查询学生成绩的表单如图 8-4 所示。

图 8-4 表单应用

表单中下拉列表框(Combo1)的数据源设置如下:RowSource Type 属性为:6—字段,RowSource 属性为:kc. kcdh。

在下拉列表框中选择某一课程代号后,表格控件(Grid1)立即显示该课程所有学生的成绩,且在文本框(Text1)中显示该课程的课程名,则应在下拉列表框的____事件中编写如下代码:

SELECT kc

ThisForm. Text1. Value=kc. kcm

ThisForm. Grid1. RecordSource=;

 " SELECT cj. xh, cj. cj FROM cj WHERE cj. kcdh = ALLTRIM;

(THIS. Value) INTO CURSOR tmp"

 ThisForm. Refresh

根据以上代码可判定,表格控件(Grid1)的 RecordSourceType 属性为_____。

35. 某表单的数据环境中包含 kc 表和 cj 表,cj 表按 kcdh 字段已建立索引标识 cjkcdh。当表单运行时,如图 8-5 所示。

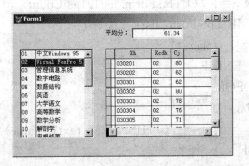

图 8-5 表单应用

(1) 列表框的 BoundColumn 为 1,要求显示 kc 表的课程代号(kcdh)、课程名(kcm)和课时数(kss)字段,则列表框的 RowSourceType 属性值为"6(字段)",RowSource 属性值为_____。

(2) 若在列表框中选中某门课程时,表格中显示该课程的所有学生的成绩,且在文本框 text1 中显示该课程的平均分,则表格的 ChildOrder 属性为_____,LinkMaster 属性为____,RelationExpr 属性为_____。

列表框的 InteractiveChange 事件代码中应含有:

```
SELECT AVG(cj. cj)   FROM   cj;
    WHERE cj. kcdh=_____INTO ARRAY  t
    THIS._____. text1. Value=t
```

36. 某表单(fml)上有一个列表框(list1)、一个文本框(text1)和一个命令按钮(command1,其 Caption 属性为"添加")。请完善命令按钮的 Click 事件代码以实现以下功能:在文本框 text1 中输入字符串,如果该字符串在列表框中不存在,就将该字符串插入到列表框中,否则弹出对话框给出信息提示"该字符串已经存在,请重新输入"。运行表单时参考界面如图 8-6 所示。

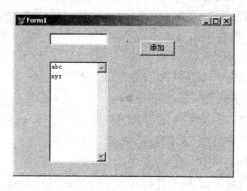

图 8-6   表单应用

```
flag=0
FOR n=1 TO ThisForm. list1. ListCount
    IF ThisForm. list1. List(n)=_____
        flag=1
    ENDIF
ENDFOR
IF flag=0
    _____(THISFORM. text1. Value)
ELSE
    MESSAGEBOX("改字符串已经存在,请重新输入")
ENDIF
```

37. 为了用颜色区分表格的奇数列与偶数列,在 Grid 子类 MyGrid 中定义了一个新方法 SetBackColor 和两个属性:color1 与 color2。SetBackColor 方法把表格奇数列的背景设定为 color1,把偶数列的背景设定为 color2,代码如下,请补充完整:

Local i

For i＝1 to this. columnCount

    This.＿＿. backcolor＝IIF(i％2＝0,This. color1,This. color2)

Endfor

上述变量 i 能否被高层或低层程序访问：＿＿＿＿。

38. 下图 8－7 所示的表单用于浏览教师(js)信息。为了在表格控件中以不同的背景色显示男、女教师的信息，则在表格控件的 Init 事件代码中，可使用如下形式的语句：

  This.＿＿("DynamicBackcolor","IIF(xb＝′女′,RGB(125,125,125),RGB(125,125,125))","Column")

表单中下拉列表框的 RowSourceType 属性为" 6－ 字段"，数据源为系名代码表(表的文件名为 xmdm. dbf，含系代码(xdm)和系名(xim)两个字段)，为了使下拉列表中显示系代码和系名两列数据，则 RowSource 属性值为：xmdm. xdm ,＿＿＿＿。

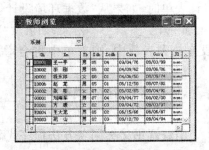

图 8－7　表单应用

39. 请完善下列的选项按钮组的 Click 事件代码，使其实现：在该表单运行时，单击选项按钮组中的某个选项按钮，则在右边的列表框中显示相应表的字段名信息。

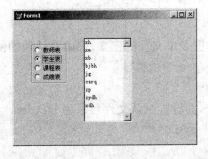

图 8－8　表单应用

```
        DO CASE
          CASE This. Value=1
            x="js"
          CASE This. Value=2
            x="xs"
          CASE This. Value=3
            x="kc"
          CASE This. Value=4
            x="cj"
        ENDCASE
        SELECT(x)
        Thisform. list1._____=8
        ThisForm. list1. rowsource=_____
        ThisForm. Refresh
```

40. 在表单设计器中设计表单时,如果从"数据环境设计器"中将表拖放到表单中,则表单中将会增加一个_____对象;如果从"数据环境设计器"中将某表的逻辑型字段拖放到表单中,则表单中将会增加一个_____对象。

41. _____称为基类,由其他类派生的类称为_____。

42. 所有子类必须放在_____文件中,文件扩展名是_____。

43. 可以使用_____函数调用父类同名方法程序代码,还可以使用_____操作符调用父类各方法程序代码。

三、实　验

实验一　表单相关属性的设置

目的和要求

通过本次实验,掌握表单文件的建立、表单设计器的使用和表单对象相关属性的设置。

实验准备工作

(1) 启动 VFP6.0,并设置默认文件目录为 D:\data

(2) 打开项目文件 jwgl

实验内容

按以下步骤,创建表单文件 xsbj。

1. 新建表单文件

（1）在项目管理器中选择"文档"页面下的"表单"，单击"新建"按钮，选择"新建表单"，打开表单设计器。

（2）练习"属性"窗口、"表单设计器"工具栏、"表单控件"工具栏的打开、关闭和使用。

2. 数据环境设计器

（1）单击"表单设计器"工具栏上的"数据环境"按钮，添加 xs 表，观察"属性"窗口中 Cursor1 对象的相关属性（Exclusive、Filter、Order、ReadOnly）的属性说明。

（2）用鼠标拖动"数据环境"中 xs 表标题到表单中，创建一个表格（用鼠标拖动字段名字还可以添加各种其他控件）。

3. 表单对象相关属性的设置

（1）在"属性"窗口的对象列表中选择 Form1 对象，观察"属性"窗口中 Form1 对象的相关属性（AlwaysOnTop、AutoCenter、BackColor、BorderStyle、Caption、Closable、ControlBox、Height、Icon、Left、MaxButton、MinButton、Movable、Name、Top、Width、Windowstate）的属性说明。

（2）设置 Form1 对象的 AutoCenter 为 . T. ，BackColor 为淡黄色，Border-Style 为"2－固定对话框"，Caption 为"学生表浏览"，ControlBox 为. F. ，Height 为 500，Width 为 600，单击"常用"工具栏的"运行"（红色感叹号）或者右击表单空白处，选"执行表单"，保存表单文件，文件名为 xsbj. scx，观察这些属性对表单的影响效果。

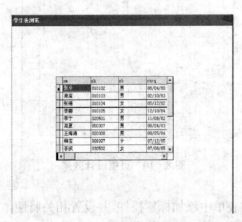

图 8－9　表单设计效果

实验二　页框、标签、文本框和编辑框

目的和要求

通过本次实验，掌握标签、文本框和编辑框控件相关属性及其应用。

实验准备工作

（1）启动 VFP6.0，并设置默认文件目录为 D:\data

（2）打开项目文件 jwgl

实验内容

1. 页框

按以下步骤，新建表单文件 jxbj，向表单中添加一个页框控件。

（1）在项目管理器中选择"文档"页面下的"表单"，单击"新建"按钮，选择"新建表单"，打开表单设计器。设置 Form1 对象的 AutoCenter 为 .T.，Caption 为"教师表浏览"，Height 为 500，Width 为 600。

（2）单击"表单控件"工具栏上的"页框"控件按钮，在表单中拖动鼠标，添加一个页框，并设置其 PageCount 属性值为 2。

（3）设置 Page1 和 Page2 的 Caption 属性值分别为："编辑单个教师信息"和"表格浏览教师信息"。

（4）设置 Page1 和 Page2 的 BackColor、ForeColor、FontName、FontSise、FontBold 等属性，以观察这些属性对控件外观的影响。

（5）单击"常用"工具栏的"运行"（红色感叹号）或者右击表单空白处，选"执行表单"，保存表单文件，文件名为 jsbj.scx，观察运行效果。

图 8-10　页框设计效果

2. 标签

按以下步骤，向表单中添加标签控件，并设置相关属性。

（1）修改表单文件 jsbj，打开表单设计器。单击"表单设计器"工具栏上的"数据环境"按钮，添加 js 表。

（2）在"属性"窗口中选择 Page1，利用"表单控件"工具栏上的"标签"控件按钮向 Page1 中添加一个标签 Label1，设置其 Caption 属性值为"工号"。

（3）设置 Label1 的 BackColor、ForeColor、FontName、FontSise、FontBold 等属性，以观察这些属性对控件外观的影响。

（4）设置 Label1 的 AutoSize 和 WordWrap 属性值均为. T. ,在表单上用鼠标调整 Label1 的大小,观察 AutoSize 和 WordWrap 对标签控件外观的影响;再重新设置 Label1 的 AutoSize 和 WordWrap 属性值分别为. F. 和. T. ,在表单上用鼠标调整 Label1 的大小,观察影响效果。

（5）继续添加标签控件并进行相关设置,运行效果如图 8-11。

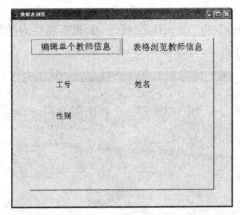

图 8-11 标签设计效果

3. 文本框

按以下步骤,向表单中添加文本框控件,并设置相关属性。

（1）修改表单文件 JSBJ,打开表单设计器。

（2）在"属性"窗口中选择 Page1,利用"表单控件"工具栏上的"文本框"控件按钮向 Page1 中添加一个文本框 Text1,设置其 ControlSource 属性为 gh 字段。

（3）设置 Text1 的 BackColor、ForeColor、FontName、FontSise、FontBold、Alignment、BorderStyle、BackStyle 等属性,以观察这些属性对控件外观的影响。

（4）继续添加文本框控件并进行相关设置,运行效果如图 8-12。

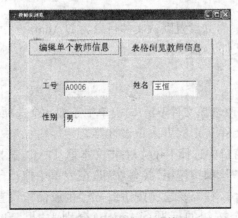

图 8-12 文本框设计效果

4. 编辑框

按以下步骤，向表单中添加编辑框控件，并设置相关属性。

（1）修改表单文件 jsbj，打开表单设计器。

（2）在"属性"窗口中选择 Page1，利用"表单控件"工具栏上的"编辑框"控件按钮向 Page1 中添加一个编辑框 EditBox1，设置其 ControlSource 属性为 jl 字段。

（3）设置 EditBox1 的 ScrollBars 属性，以观察属性对控件外观的影响。

（4）保存并运行表单，效果如图 8‑13 所示：

图 8‑13　编辑框设计效果

实验三　选项按钮组、复选框和微调控件

目的和要求

通过本次实验，掌握列表框和组合框控件相关属性和事件的应用。

实验准备工作

（1）启动 VFP6.0，并设置默认文件目录为 D：\data

（2）打开项目文件 jwgl

实验内容

1. 选项按钮组

按以下步骤，修改表单文件 jsbj，向表单中添加一个选项按钮组控件。

（1）修改表单文件 jsbj，打开表单设计器。

（2）在"属性"窗口中选择 Page1，右击文本框 Text3，选择"剪切"。单击"表单控件"工具栏上的"选项按钮组"控件按钮，在表单中拖动鼠标，添加一个选项按钮组 OptionGroup1，右击该选项按钮组，选"生成器"，设置其按钮数目（ButtonCount）为 2，两个按钮的标题（Caption）分别为"男"和"女"，值（ControlSource）为 js. xb。

（3）设置按钮组或各按钮的 FontSise、AutoSize 等属性，以观察这些属性对选项按钮组控件外观的影响，运行效果如图 8-14。

图 8-14 选项按钮组设计效果

2. 复选框

按以下步骤，向表单中添加复选框控件，并设置相关属性。

（1）修改表单文件 jsbj，打开表单设计器。

（2）在"属性"窗口中选择 Page1，利用"表单控件"工具栏上的"复选框"控件按钮向 Page1 中添加一个复选框 Check1，设置其 Caption 属性值为"婚否"，ControlSource 属性为 hf 字段。

（3）设置 Check1 的 FontSise、AutoSize 等属性，运行效果如图 8-15。

图 8-15 复选框设计效果

3. 微调控件

按以下步骤，向表单中添加微调控件，并设置相关属性。

（1）修改表单文件 jsbj，打开表单设计器。

（2）在"属性"窗口中选择 Page1，利用"表单控件"工具栏上的"标签"控件按钮和"微调控件"按钮向 Page1 中添加一个标签 Label5 和一个微调控件 Spinner1，设置 Label5 的 Caption 属性值为"基本工资"，设置 Spinner1 的 ControlSource 属性为 jbgz 字段。

（3）设置 Label5 或 Spinner1 的 FontSise、AutoSize 等属性，运行效果如图8-16。

图 8-16 微调控件设计效果

实验四 命令按钮和命令按钮组

目的和要求

通过本次实验，掌握命令按钮和命令按钮组相关属性和事件的应用。

实验准备工作

（1）启动 VFP6.0，并设置默认文件目录为 D:\data

（2）打开项目文件 jwgl

实验内容

1. 命令按钮

按以下步骤，修改表单文件 jsbj，向表单中添加一个命令按钮控件，实现单击该命令按钮退出表单运行的功能。

（1）修改表单文件 jsbj，打开表单设计器。

（2）在"属性"窗口中选择 Page1，单击"表单控件"工具栏上的"命令按钮"控件按钮，在表单中拖动鼠标，添加一个命令按钮 Command1，设置其 Caption 属性为"退出(\<Y)"。

（3）双击 Command1，打开"代码"窗口，在"Command1"对象的"Click"过程中输入以下命令：

a1＝MESSAGEBOX('确定要退出吗?',4＋256＋32,'确认窗口')

IF a1＝6

　　Thisform. Release

ENDIF

（4）运行时单击"退出"按钮或者使用访问键 Alt＋Y,效果如图 8-17。

图 8-17　命令按钮设计效果

2. 命令按钮组

按以下步骤,修改表单文件 jsbj,向表单中添加一个命令按钮组控件,实现通过记录指针移动浏览每个记录内容的功能。

（1）修改表单文件 jsbj,打开表单设计器。

（2）在"属性"窗口中选择 Page1,单击"表单控件"工具栏上的"命令按钮组"控件按钮,在表单中拖动鼠标,添加一个命令按钮组 CommandGroup1,右击该命令按钮组,选"生成器",设置其按钮数目（ButtonCount）为 4,4 个按钮的标题（Caption）分别为"首记录"、"上一个"、"下一个"、"末记录",按钮布局为"水平"。

（3）双击 CommandGroup1,打开"代码"窗口,在"CommandGroup1"对象的"Click"过程中输入以下命令:

DO CASE

CASE This. Value＝1

　　GO TOP

　　This. command1. Enabled＝. f.

　　This. command2. Enabled＝. f.

　　This. command3. Enabled＝. t.

　　This. command4. Enabled＝. t.

```
    CASE This. Value=2
        SKIP  -1
        IF BOF()
            GO TOP
            This. command1. Enabled=. f.
            This. command2. Enabled=. f.
            This. command3. Enabled=. t.
            This. command4. Enabled=. t.
        ELSE
            This. Setall('Enabled',. t. )
        ENDIF
    CASE This. Value=3
        SKIP
        IF EOF()
            GO BOTTOM
            This. command1. Enabled=. t.
            This. command2. Enabled=. t.
            This. command3. Enabled=. f.
            This. command4. Enabled=. f.
        ELSE
            This. SetAll('Enabled',. t. )
        ENDIF
    CASE This. Value=4
        GO BOTTOM
        This. command1. Enabled=. t.
        This. command2. Enabled=. t.
        This. command3. Enabled=. f.
        This. command4. Enabled=. f.
    ENDCASE
    Thisform. Refresh
```

(4) 运行表单,观察效果,如图 8-18。

图 8 - 18 命令按钮组设计效果

实验五 列表框和组合框

目的和要求

通过本次实验,掌握列表框和组合框控件相关属性和事件的应用。

实验准备工作

(1) 启动 VFP6.0,并设置默认文件目录为 D:\data

(2) 打开项目文件 jwgl

实验内容

1. 按以下步骤,新建表单文件 lbkzhk1,练习列表框相关属性和事件的应用。

(1) 在项目管理器中选择"文档"页面下的"表单",单击"新建"按钮,选择"新建表单",打开表单设计器。设置 Form1 对象的 AutoCenter 为. T. , Caption 为"列表框组合框练习一", Height 为 500, Width 为 600。

(2) 单击"表单控件"工具栏上的"列表框"控件按钮,在表单中拖动鼠标,添加 个列表框 List1,并设置其 RowSourceType 为 0。

(3) 双击 Form1 对象,打开"代码"窗口,在"Form1"对象的"Init"过程中输入以下命令:

```
Thisform. list1. AddItem('A')
Thisform. list1. AddItem('B')
Thisform. list1. AddItem('C')
Thisform. list1. AddItem('D')
Thisform. list1. AddItem('E')
Thisform. list1. AddItem('F')
```

运行表单,单击组合框的下拉按钮,效果如图 8 - 19。

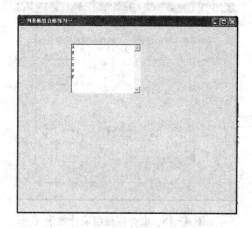

图 8-19　列表框设计效果

（4）单击"表单控件"工具栏上的"命令按钮"控件按钮,在表单中拖动鼠标,添加一个命令按钮 Command1,设置其 Caption 属性为"去掉选中的列项"。

（5）双击 Command1,打开"代码"窗口,在"Command1"对象的"Click"过程中输入以下命令：

　　　　a1＝Thisform. list1. ListIndex

　　　　Thisform. list1. RemoveItem(a1)

运行表单,在列表中单击选中第三项"C",再单击命令按钮"去掉选中的列项",观察效果。

2. 按以下步骤,修改表单文件 jsbj,练习利用组合框修改记录字段的值。

（1）修改表单文件 jsbj,打开表单设计器。

（2）在"属性"窗口中选择 Page1,右击标签控件"性别"右边的选项按钮组 OptionGroup1,选择"剪切"。单击"表单控件"工具栏上的"组合框"控件按钮,在表单中拖动鼠标,添加一个组合框 Combo1,设置其 Style 属性值为"2－下拉列表框", ControlSource 为 js. xb,RowSourceType 为"1－值", RowSource 为"男,女"。

（3）运行表单,修改所需记录性别字段的值,观察效果。

3. 按以下步骤,修改表单文件 jsbj,练习利用组合框查询指定记录内容。

（1）修改表单文件 jsbj,打开表单设计器。

（2）在"属性"窗口中选择 Page1,利用"表单控件"工具栏上的"标签"控件按钮和"组合框"控件按钮,在表单中添加一个标签 Label6 和一个组合框 Combo2,设置 Label6 的 Caption 属性值为"请选择要查询记录的工号：",设置 Combo2 的 ColumnCount 为 3,RowSourceType 为"2－别名", RowSource 为 js 表。

（3）双击 Combo2,打开"代码"窗口,在"Combo2"对象的"InteractiveChange"过程中输入以下命令：

      Thisform. Refresh

（3）运行表单，查询所需记录内容，观察效果。

（4）重新设置 Combo2 的 RowSourceType 为"6—字段"，RowSource 为 js. gh,xm,csrq。

（5）运行表单，观察与（3）的不同效果。

4. 按以下步骤，新建表单文件 lbkzhk2，练习列表框组合框相关属性和事件的应用。

（1）在项目管理器中选择"文档"页面下的"表单"，单击"新建"按钮，选择"新建表单"，打开表单设计器。设置 Form1 对象的 AutoCenter 为. T. ，Caption 为"列表框组合框练习二"，Height 为 500,Width 为 600。

（2）利用"表单控件"工具栏上的"标签"控件按钮向表单中添加两个标签 Label1 和 Labe2，设置其 Caption 属性值分别为"请选择课程代号："和"所有选择该课程的成绩情况："。

（3）分别利用"表单控件"工具栏上的"组合框"和"列表框"控件按钮，在表单中添加一个组合框 Combo1 和一个列表框 List1，设置 Combo1 的 Column-Count 为 2，RowSourceType 为"3 - SQL 语句"，RowSource 为"SELECT DIS-TINCT cj. kcdh,kc. kcm FROM cj,kc WHERE cj. kcdh＝kc. kcdh INTO CUR-SOR YY"。

（4）双击 Combo1 对象，打开"代码"窗口，在"Combo1"对象的"Interac-tiveChange"过程中输入以下命令：

      a1＝This. Value

      Thisform. list1. ColumnCount＝3

      Thisform. list1. RowSourcetype＝3

      Thisform. list1. RowSource＝'SELECT cj. xh,xs. xm,cj. cj FROM xs,cj;

                      WHERE xs. xh＝cj. xh and cj. kcdh＝;

                      a1 INTO CURSOR ZZ'

      Thisform. Refresh

（5）运行表单，观察效果如图 8 - 20。

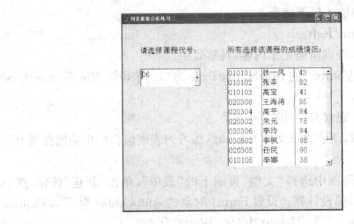

图 8 - 20   列表框组合框设计效果

实验六   表   格

目的和要求

通过本次实验,掌握表格控件相关属性设置。

实验准备工作

(1) 启动 VFP6.0,并设置默认文件目录为 D:\DATA

(2) 打开项目文件 jwgl

实验内容

按以下步骤,修改表单文件 jsbj,向表单中添加一个表格控件。

(1) 修改表单文件 jsbj,打开表单设计器。

(2) 在"属性"窗口中选择 Page2,单击"表单控件"工具栏上的"表格"控件按钮,在表单中拖动鼠标,添加一个表格 Grid1,设置其 RecordSource 为 js 表。运行表单,观察效果。

(3) 设置表格 Grid1 的 ColumnCount 属性为 4,分别设置各 Column 下的 Header1 的 Caption 为"工号"、"姓名"、"性别"和"婚否"。运行表单,观察效果。

(4) 设置表格 Grid1 的 RecordSourceType 为"4 - SQL 说明",Record-Source 为

SELECT gh,xm,xb,hf FROM js WHERE xb=′女′ INTO CURSOR XX

运行表单,观察效果。

(5) 设置表格的 DeleteMark 为.F.。运行表单,观察效果如图 8 - 21。

图 8 - 21 表格设计效果

实验七 计时器控件

目的和要求

通过本次实验,掌握计时器相关属性和事件的应用。

实验准备工作

(1) 启动 VFP6.0,并设置默认文件目录为 D:\data

(2) 打开项目文件 jwgl

实验内容

按以下步骤,新建表单文件 jsq1,练习计时器相关属性和事件的应用。

(1) 在项目管理器中选择"文档"页面下的"表单",单击"新建"按钮,选择"新建表单",打开表单设计器。设置 Form1 对象的 AutoCenter 为 .T. , Caption 为"计时器练习", Height 为 500,Width 为 600。

(2) 单击"表单控件"工具栏上的"计时器"控件按钮,在表单中拖动鼠标,添加一个计时器控件 Timer1,并设置其 Interval 属性值为 1000,Enabled 属性值为.F. 。

(3) 利用"表单控件"工具栏上的"标签"控件按钮和"文本框"控件按钮向表单中添加一个标签 Label1 和 Text1,设置 Label1 的 Caption 属性值为"计时时间",设置 Text1 的 Value 属性值为 0。

(4) 利用"表单控件"工具栏上的"命令按钮"控件按钮,在表单中添加 3 个命令按钮 Command1、Command2 和 Command3,设置其 Caption 属性分别为"计时开始"、"停止计时"和"计时清零"。

(5) 双击 Form1 对象,打开"代码"窗口,在"Command1"对象的"Click"过程中输入以下命令:

    Thisform. timer1. Enabled=. t.

Thisform. command3. Enabled=. f.

在"Command2"对象的"Click"过程中输入以下命令：

Thisform. timer1. Enabled=. f.

Thisform. command3. Enabled=. t.

在"Command3"对象的"Click"过程中输入以下命令：

Thisform. text1. Value=0

在"Timer1"对象的"Timer"过程中输入以下命令：

Thisform. text1. Value=Thisform. text1. Value+1

（6）运行表单，观察效果如图 8－22。

图 8－22 计时器设计效果

实验八 创建子类

目的和要求

通过本次实验，掌握子类的建立和使用。

实验准备工作

（1）启动 VFP6.0，并设置默认文件目录为 D:\data

（2）打开项目文件 jwgl

实验内容

创建并使用在所有表单中都可以使用的"退出"按钮子类。

1. 新建基于命令按钮基类的子类

（1）在项目管理器中选择"类"页面，单击"新建"按钮，出现"新建类"对话框。在"类名"后输入"tuichu"，在"派生于"后面选择"CommandButton"，在"类库"后面输入"mylk"，单击"确定"，打开类设计器。如图 8－23。

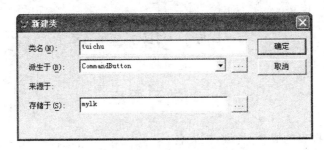

图 8 - 23 新建类对话框

（2）设置其 Caption 属性为"退出"。

（3）双击 tuichu 对象，打开"代码"窗口，在"tuichu"对象的"Click"过程中输入以下命令：

a1＝MESSAGEBOX（'确定要退出吗?',4＋256＋32,'确认窗口'）

IF a1＝6

　　Thisform. Release

　　ENDIF

（4）关闭类设计器，保存退出子类。

2. 使用子类

（1）修改实验一的表单文件 JSBJ，打开表单设计器。

（2）在"属性"窗口中选择 Page2，单击"表单控件"工具栏上的"查看类"按钮，单击"添加"，打开 mylk. vcx，再单击控件工具栏上的"tuichu"按钮，在表单中拖动鼠标，添加一个退出按钮 Tuichu1，运行表单，观察效果如图 8 - 24。

图 8 - 24 子类应用效果

第九章 报 表

一、学习要点

1. 掌握报表的概念、类型、扩展名。
2. 掌握报表设计器中各个带区的作用和使用。
3. 掌握单表报表、一对多报表的向导建立方法。

二、习 题

一、选择题

1. 报表文件的文件扩展名是_____。
   A. . frx 和. frt   B. . frx 和. fpt   C. . fxp 和. fpt   D. . fxp 和. frt

2. Visual FoxPro 的报表文件. FRX 中保存的是_____。
   A. 打印报表的预览格式   B. 打印报表本身
   C. 报表的格式和数据   D. 报表设计格式的定义

3. 报表样式有_____种。
   A. 1   B. 2   C. 3   D. 4

4. 报表的常规类型有列报表、行报表、一对多报表和多栏报表,下列有关列报表和行报表的叙述中,正确的是_____。
   A. 列报表是指报表中每行打印一条记录;行报表是指每行打印多条记录
   B. 列报表是指报表中每行打印多条记录;行报表是指每行打印一条记录
   C. 列报表是指报表中每行打印一条记录;行报表是指多行打印一条记录
   D. 列报表是指报表中每行打印多条记录;行报表是指多行打印一条记录

5. 下面哪种不是报表布局的常规类型_____。
   A. 列报表   B. 行报表   C. 多对一报表   D. 多栏报表

6. 报表的数据源可以是_____。
   A. 表或视图   B. 表或查询   C. 表、查询或视图 D. 表或其他报表

7. 下列关于报表的说法中,正确的是_____。
   A. 报表必须有别名   B. 报表的数据源不可以是视图
   C. 报表的数据源不可以是临时表   D. 可以不设置报表的数据源

8. 在报表设计器中,报表最多可以分为_____种不同类型的报表带区(例如,页标头区、细节区等)
   A. 3   B. 5   C. 7   D. 9

9. 在创建快速报表时,系统默认的基本带区包括_____。

    A. 标题、细节和总结   B. 页标头、细节和页注脚

    C. 组标头、细节和组注脚   D. 报表标题、细节和页注脚

10. 要创建快速报表,应当_____。

    A. 用热键   B. 用快捷键   C. 用事件   D. 用菜单

11. 如果想在报表中每个记录数据上端都显示该字段的标题,则将这些字段标题标签设置在_____带区中。

    A. 页标头   B. 细节   C. 页注脚   D. 组标头

12. 利用报表向导创建报表时,最多可以选定_____个字段作为报表数据的排序。

    A. 1   B. 2   C. 3   D. 4

13. 为了在报表中打印当前时间,这时应该插入一个_____。

    A. 表达式控件   B. 域控件   C. 标签控件   D. 文件控件

14. 在报表设计中,关于报表标题,下列叙述中正确的是_____。

    A. 每页打印一次   B. 每报表打印一次

    C. 每组打印一次   D. 每列打印一次

15. 在报表设计中,可以使用的控件是_____。

    A. 标签、域控件和线条   B. 标签、域控件或视图

    C. 标签、文本框和列表框   D. 布局和数据源

16. 有报表文件 PP1,在报表设计器中修改该报表文件的命令是_____。

    A. CREATE REPORT PP1   B. MODIFY REPORT PP1

    C. CREATE　PP1   D. MODIFY　PP1

17. 在 Visual FoxPro 系统中,报表上可以分为不同的带区,用户利用不同的报表带区控制数据在报表页面的打印位置。以下各项是报表的部分带区名,其中_____只在报表的每一页上打印一次。

    A. 总结   B. 页标头   C. 标题   D. 细节

18. 有 Visual　FoxPro 中,在屏幕上预览报表的命令是_____。

    A. PREVIEW　REPORT   B. REPORT FORM　PREVIEW

    C. DO REPORT　PREVIEW   D. RUN REPORT　PREVIEW

19. 在 VFP 中,运行报表文件 PP. FRX 可用命令_____。

    A. DO PP. FRX   B. DO FORM PP. FRX

    C. REPORT FORM PP. FRX   D. REPORT PP. FRX

20. VFP 提供_____种标准标签类型。

    A. 28   B. 56   C. 86   D. 3

二、填空题

1. 报表设计器中有 3 个基本的带区,分别为_____、细节和页注脚带区。

2. 在 VFP 中创建报表,可创建分组报表。系统规定,最多可以选择_____层分组层次。

3. 使用报表打印表中的数据,需在报表中将与表字段相关的控件放在报表中的_____带区。

4. 为了在报表中插入一个文字说明,应该插入一个_____控件。

5. 为修改已建立的报表文件打开报表设计器的命令是_____。

6. 从 VFP 的报表设计器中看,报表分为多个带区,如标题带区,页标头带区,列标头带区,细节带区和总结带区等。对于报表的带区来说,标题带区和_____带区在每个报表中仅打印一次。

三、实 验

实验一 利用报表向导建立报表

目的和要求

通过本次实验,掌握利用报表向导建立报表的方法。

实验准备工作

(1) 启动 VFP6.0,并设置默认文件目录为 D:\data

(2) 打开项目文件 jwgl

实验内容

参照下列步骤以 jxk 数据库中的 js 表(教师表)为数据源,建立报表文件 jsb.FRX,输出每个专业教师情况,要求输出专业代号、教师工号、教师姓名、平均工资,按专业从低到高排列,报表标题为"各专业教师情况",报表式样为简报式。

(1) 进入报表向导

在项目管理器中选择"文档"页面下的"报表",单击"新建"按钮,选择"报表向导",按"确定"按钮。如图 9-1 所示。

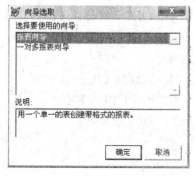
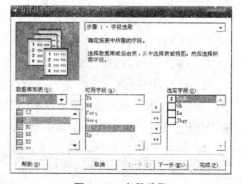

图 9-1 进入报表向导   图 9-2 字段选取

（2）字段选取

点击"数据库和表"下的组合框右侧的"三点"按钮，弹出"打开"对话框，在指定路径下查找 jxk 数据库。按"确定"按钮后，组合框中出现"jxk"数据库，在下面的列表框中则显示该数据库中的所有表，选择教师表，"可用字段"列表框中显示教师表的所有字段，选定字段按钮添加到"选定字段"列表框中。点击"下一步"按钮。如图 9-2 所示。

（3）分组记录

在第一个组合框中点击下列按钮，添加"zydh"为分组字段，见图 9-3；再点击"总结选项"按钮，弹出"总结选项"对话框，在"gh"后"计数"复选框中打钩，在"gbgz"后的"平均值"复选框中打钩，如图 9-4 所示。完成后按"下一步"按钮。

（4）报表式样

在"式样"列表框中选择"简报式"如图 9-5 所示，按"下一步"按钮。

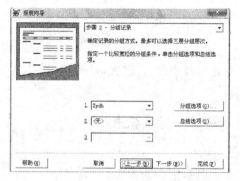

图 9-3　分组记录

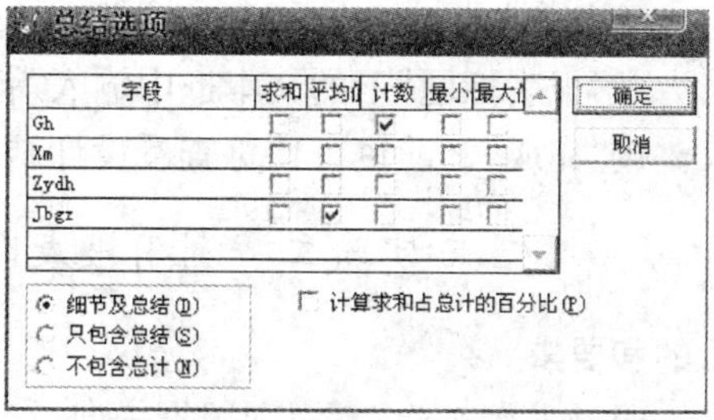

图 9-4　数据总结设置

（5）定义报表布局

题目中未规定报表布局情况，就按默认格式，即列数为"1"，方向为"纵向"，见图 9-6 所示，直接按"下一步"按钮。

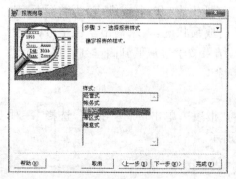

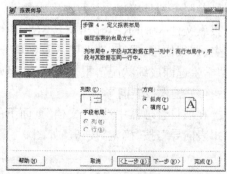

图 9-5　分组记录

图 9-6　数据总结设置

（6）排序记录

在"可用字段或索引标识"下的列表框中选择"gh"，按"添加"按钮，添加到"选定字段"列表框中，见图 9-7 所示。按"下一步"按钮。

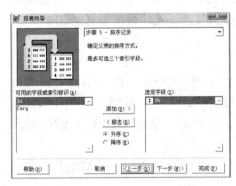
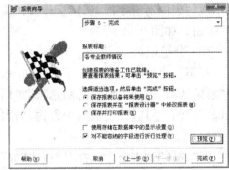

图 9-7　排序记录　　　　　　　　　图 9-8　完成

（7）完成设计

在"报表标题"下的文本框中输入"各专业教师情况"，按"完成"按钮，设计结束。按"完成"之前也可预览查看设计结果。

实验二　利用报表向导建立一对多报表

目的和要求

通过本次实验，掌握利用报表向导建立一对多报表的方法。

实验准备工作

（1）启动 VFP6.0，并设置默认文件目录为 D:\data

（2）打开项目文件 jwgl

实验内容

参照下列步骤以 jxk 数据库中的 xs 表（学生表）和 cj（成绩表）为数据源，建立报表文件 xcj.FRX，输出每名学生的各科成绩状况，要求输出学生学号、学生姓名、课程代号、成绩、选课门数及平均分，结果按学号从低到高排列。报表标题为"学生选课成绩状况"，报表式样为"经营式"。

（1）进入报表向导

在项目管理器中选择"文档"页面下的"报表"，单击"新建"按钮，选择"一对多报表向导"，按"确定"按钮。如图 9-9 所示。

（2）从父表中选择字段

点击"数据库和表"下的组合框右侧的"三点"按钮,弹出"打开"对话框,在指定路径下查找 jxk 数据库。按"确定"按钮后,组合框中出现"jxk"数据库,在下面的列表框中则显示该数据库中的所有表,选择学生表,"可用字段"列表框中显示学生表的所有字段,选定"xm""xh"字段分别按▶按钮添加到"选定字段"列表框中。点击"下一步"按钮。如图 9－10 所示。

图 9－9 选择向导类型　　　　图 9－10 确定父表字段

（3）从子表中选择字段

如同上一步一样,选择成绩表,"可用字段"列表框中显示成绩表的所有字段,选定"kcdh""cj"字段分别按▶按钮添加到"选定字段"列表框中。点击"下一步"按钮。如图 9－11 所示。

（4）为表建立关系

系统自动根据两表的同名字段建立了关系,直接按"下一步"按钮。如图 9－12 所示。

（5）排序记录

在"可用字段或索引标识"下的列表框中选择"xh",按"添加"按钮,添加到"选定字段"列表框中,见图 9－13 所示。按"下一步"按钮。

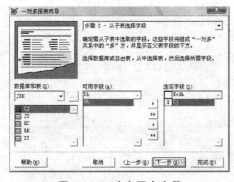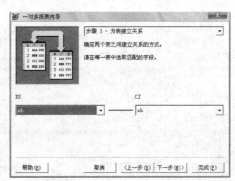

图 9－11 确定子表字段　　　　图 9－12 建立两表的关系

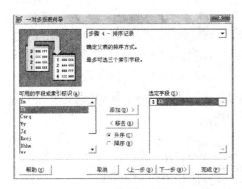 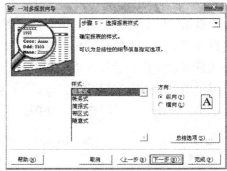

图 9-13　确定排序字段　　　　　　图 9-14　确定报表式样

（6）确定报表式样

在"式样"列表框中选择"经营式"，单击"总结选项"按钮，弹出"总结选项"对话框，在"kcdh"后"计数"复选框中打钩，在"cj"后的"平均值"复选框中打钩，如图 9-15 所示。按"下一步"按钮。

图 9-15　确定总结信息　　　　　　图 9-16　完成报表

（7）完成设计

在"报表标题"下的文本框中输入"学生选课成绩状况"，按"完成"按钮，设计结束。按"完成"之前也可预览查看设计结果。

第十章 菜单和项目管理

一、学习要点

1. 了解菜单的类型:普通菜单、SDI 菜单、快捷菜单。

2. 掌握各种类型菜单的设计以及菜单程序的生成。

3. 熟练掌握菜单项的设计:插入系统菜单栏、启用/废止菜单项、分组线、快捷键、热键、菜单信息、替换/追加、设置/清理等。

4. 掌握以下菜单操作常用命令:

   DO 菜单名. MPR

   SET SYSMENU TO [DEFAULT]/SET SYSMENU SAVE | NOSAVE

5. 了解项目的设置:设置项目信息、设置项目主文件、重命名、排除/包含、编辑说明。

6. 掌握在项目中对各种类型文件的创建、添加、修改、移去、运行、连编。

7. 了解建立和清除事件循环。

8. 掌握以下项目连编的命令:

   BUILD EXE 可执行文件名 FROM 项目文件名

   BUILD APP 应用程序文件名 FROM 项目文件名

二、习 题

一、选择题

1. 以下是与设置系统菜单有关的命令,其中错误的是_____。

   A. SET SYSMENU DEFAULT   B. SET SYSMENU TO DEFAULT

   C. SET SYSMENU NOSAVE   D. SET SYSMENU SAVE

2. 如果菜单项的名称为"统计",热键是 T,在菜单名称一栏中应输入_____。

   A. 统计(\<T)   B. 统计(CTRL+T)

   C. 统计(ALT+T)   D. 统计(T)

3. 选中菜单选项,希望系统执行一组命令,则在"结果"中选用_____。

   A. 命令   B. 填充名称   C. 子菜单   D. 过程

4. 假设已经生成了名为 mymenu 的菜单文件,执行该菜单文件的命令是_____。

   A. DO mymenu   B. DO mymenu. MPR

   C. DO mymenu. PJX   D. DO mymenu. MNX

5. 在 Visual FoxPro 中,使用"菜单设计器"定义菜单,经过生成的菜单程序的扩展名是_____。

A. MNX   B. PRG   C. MPR   D. SPR

6. 下列文件不可以作为项目主文件的是_____。

A. 程序文件   B. 菜单文件   C. 表单文件   D. 表文件

7. 文本文件可以添加到项目管理器中的_____选项卡中。

A. 文档   B. 数据   C. 代码   D. 其他

二、填空题

1. 弹出式菜单可以分组,插入分组线的方法是在"菜单名称"项中输入_____两个字符。

2. VFP 的菜单可分为:_____。

3. 若菜单项"打印"设置访问键 ALT+P,则"打印"菜单项的标题输入为_____。

4. 在菜单设计器窗口中,菜单栏级别的"结果"的内容含有_____、_____、_____和_____四类。

5. 要启用或废止菜单或菜单项,在"提示选项"对话框的_____中输入一个逻辑表达式。表达式的值为____时,废止;为_____时,启用。

6. 恢复 VFP 系统的默认菜单,使用命令_____。

7. 在 VFP 中,_____文件可以作为项目主文件。

8. 将 project 项目连编成 myproject. exe 文件,命令为_____。

三、实 验

实验一 普通菜单和菜单项的设计

目的和要求

通过本次实验,掌握普通菜单以及菜单项的设计、菜单的生成与运行。

实验准备工作

启动 VFP6.0,在命令窗口中输入"SET DEFAULT TO D:\data",设置默认路径。

实验内容

按以下步骤,创建菜单文件 menu1。

1. 新建菜单文件

在项目管理器中选择"其他"选项卡下的"菜单",单击"新建"按钮,选择"菜单"按钮,打开菜单设计器。

2. 菜单项的设置

(1) 设置菜单栏,在菜单名称下依次输入"文件"、"显示"和"表操作",如图 10-1 所示。

图 10-1　菜单栏的设置

（2）编辑"文件"菜单下的子菜单，单击右边"插入栏"按钮，依次插入系统菜单栏"新建"、"打开"和"关闭"，并在"打开"和"关闭"之间插入分组线，如图 10-2 所示。

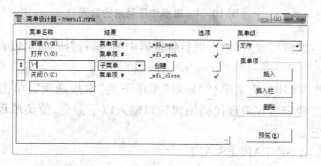

图 10-2　文件子菜单的设置

（3）编辑"显示"菜单下的子菜单，依次输入"浏览学生表"、"浏览成绩表"、"浏览学生和成绩"，为"浏览学生表"设置热键（B），并分别在结果里选择"命令"，依次输入命令：

SELECT ＊ FROM xs

SELECT ＊ FROM cj

SELECT xs. xh,xm,kcdh,cj FROM xs,cj WHERE xs. xh＝cj. xh

如图 10-3 所示。

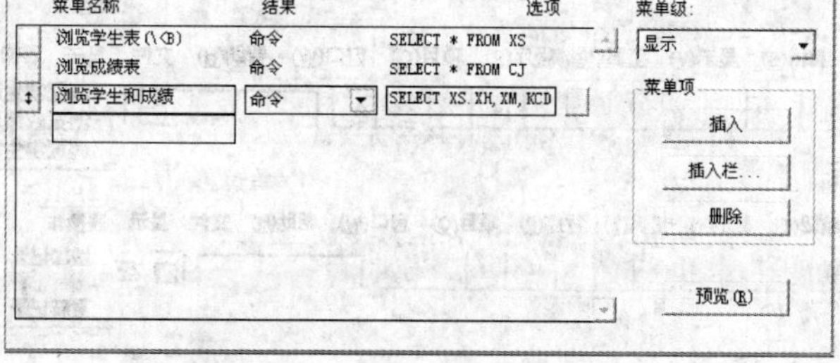

图 10-3　显示子菜单的设置

（4）编辑"表操作"菜单下的子菜单，依次输入"增加记录"、"删除记录"、"更新记录"，为"记录增加"菜单项设置快捷键"CTRL＋P"，并分别在结果中选择过程（过程代码课后自己思考设置，暂且不设置）。如图 10-4 所示。

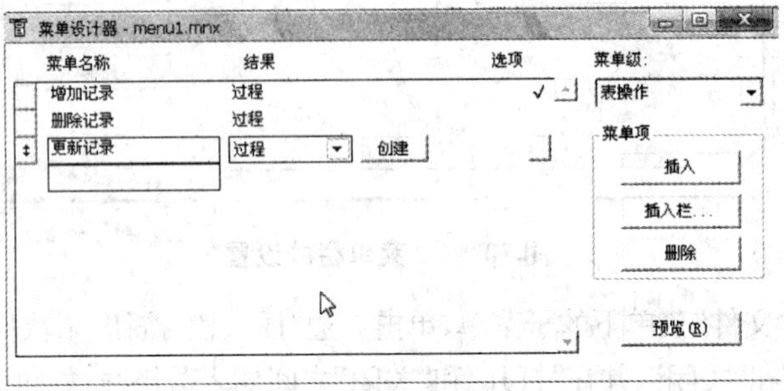

图 10-4　表操作子菜单的设置

以上内容设置完成后，单击项目管理器中的"运行"按钮，可以查看菜单设计效果。

（5）选择 VFP 系统菜单栏"显示"菜单下的"常规选项"，单击"清理"复选框，然后单击"确定"，在清理代码编辑窗口输入以下命令，使菜单程序运行结束时最后执行它。

CLOSE TABLES ALL
CLEAR

（6）选择图 10-4"删除记录"菜单项，单击"选项"按钮，在"提示选项"的"跳过"文本框中输入.T.，则使该菜单项失效。

（7）选择 VFP 系统菜单栏"显示"菜单下的"常规选项"，选择"追加"选项按钮，将该菜单运行后追加在 VFP 系统菜单栏后。

以上内容设置完成后，单击项目管理器中的"运行"按钮，看到如图 10-5 所示效果。

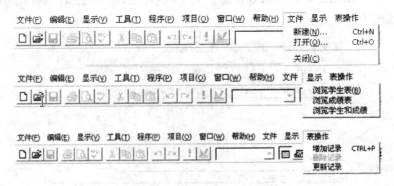

图 10-5　menu1 运行效果图

实验二 SDI菜单的设计

目的和要求

通过本次实验,掌握SDI菜单的设计、生成与运行。

实验准备工作

启动VFP6.0,在命令窗口中输入"SET DEFAULT TO D:\data",设置默认路径。

实验内容

以实验一创建的菜单为基础,按以下步骤,创建菜单文件menu2。

1. 将menu1菜单另存为menu2,然后修改menu2,选择VFP系统菜单栏"显示"菜单下的"常规选项",将"顶层表单"复选框选中。

2. 选择VFP系统菜单栏"菜单"项下的"生成",将menu2.MNX生成menu2.MPR文件。

3. 在项目管理器中新建表单myform.SCX,将表单的"ShowWindow"属性改成"2—作为顶层表单"。

4. 定义表单的Init事件过程代码为:

DO menu2.MPR WITH THIS,.T.

以上内容设置完成后,运行表单myform,看到如图10-6所示效果。

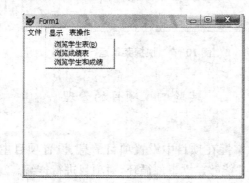

图10-6 SDI菜单运行效果图

实验三 快捷菜单的设计

目的和要求

通过本次实验,掌握快捷菜单的设计、生成与运行。

实验准备工作

启动VFP6.0,在命令窗口中输入"SET DEFAULT TO D:\data",设置默认路径。

实验内容

1. 在项目管理器中选择"其他"选项卡下的"菜单",单击"新建"按钮,选择"快捷菜单"按钮,打开菜单设计器。

2. 菜单项的设计同 menu1(略)。

3. 将菜单保存为 menu3,选择 VFP 系统菜单栏"菜单"菜单下的"生成",将 menu3. MNX 生成 menu3. MPR 文件。

4. 在项目管理器中新建表单 myform2. SCX。

5. 定义表单的 RightClick 事件过程代码为:

  DO menu3. MPR

以上内容设置完成后,运行表单 myform2,在表单任意位置右击,看到如图 10 - 7 所示效果。

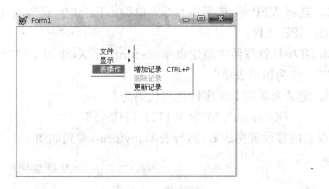

图 10 - 7　快捷菜单运行效果图

实验四　项目的管理

目的和要求

通过本次实验,掌握在项目中设置项目信息、设置项目主文件、重命名、排除/包含、编辑说明,并能够建立事件循环,对项目进行连编。

实验准备工作

启动 VFP6.0,在命令窗口中输入"SET DEFAULT TO D:\data",设置默认路径。

实验内容

按以下步骤,完成内容。

1. 在 VFP 中选择"打开"菜单项,选择"jwgl. PJX",打开项目如图 10 - 8 所示。

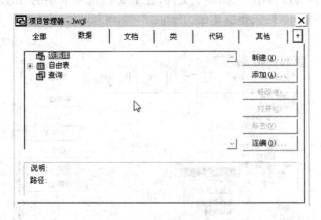

图 10 - 8　项目文件

2. 选择 VFP 系统菜单栏"项目"菜单下的"项目信息"，或在项目空白处右击，在快捷菜单中选择"项目信息"，打开图 10 - 9 所示窗口。(提示：在 VFP 中的适当地方右击，将有助于你快速找到所需操作)

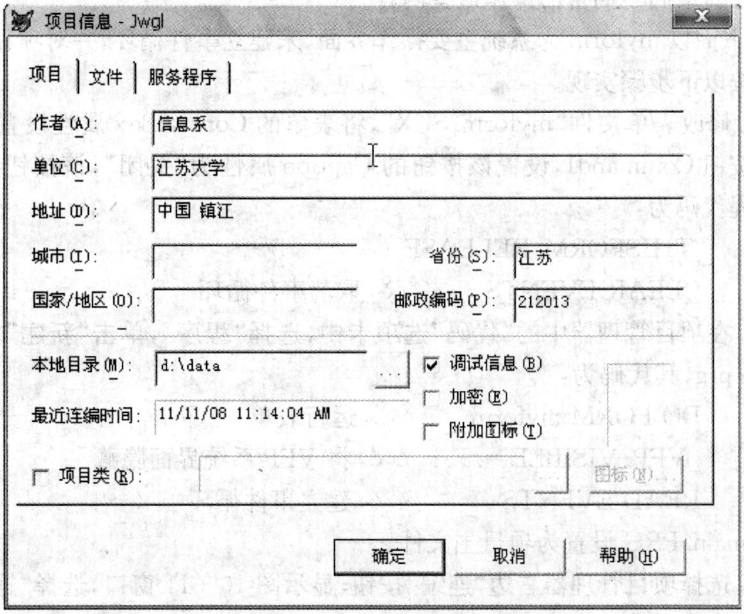

图 10 - 9　项目设置窗口

在此窗口中可以对项目进行设置，比如设计作者为"信息系"，单位为"江苏大学"等，请同学们根据自己的信息完成。

3. 在项目管理器中,选择某个文件,比如文档选项卡中的"myform2"右击,将弹出如图 10 - 10 所示快捷菜单。

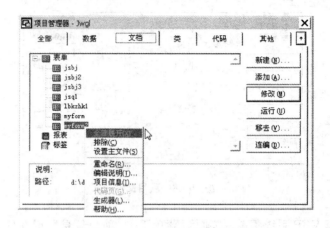

图 10 - 10   项目中快捷菜单

在该菜单中可以设计文件的排除/包含、设置主文件、对文件重命名、设置编辑说明等。请同学们自己操作这些内容。

4. 下面以 myform 为系统主要操作界面,来建立事件循环,并对项目进行连编。请按以下步骤实现。

(1) 修改表单文件"myform. SCX",将表单的 ControlBox 属性设置为. F. ,并添加按钮 Command1,设置该按钮的 Caption 属性为"关闭",该按钮的 Click 事件过程代码为:

    THISFORM. RELEASE

    CLEAR EVENTS && 取消事件循环

(2) 在项目管理器中的"代码"选项卡中,选择"程序",单击"新建",建立程序 main. prg,其代码为:

    DO FORM myform && 运行表单

    _VFP. VISIBLE=. F. && 将 VFP 系统界面隐藏

    READ EVENTS && 建立事件循环

将 main. PRG 设置为项目主文件。

(3) 选择项目管理器右边"连编"按钮,显示图 10 - 11 窗口,选择"连编可执行文件"选项,单击"确定"按钮。

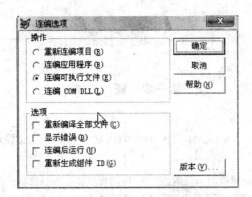

图 10-11 连遍选项

连编后在 D:\data 目录下生成 jwgl. EXE 文件,找到该文件双击运行,显示图 10-12 运行效果。

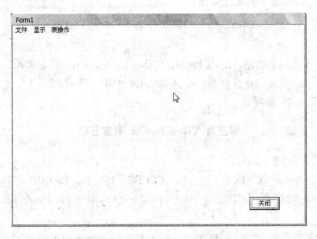

图 10-12 jwgl. exe 运行效果图

习题答案

第一章 概　述

一、选择题

1—5　AABAB　6—10　AAAAB　11—15　ABAAC　16—20　ACBDC

二、填空题

1. 冗余、独立　2. 数据库管理系统阶段　3. 应用程序　4. 元数据　5. 数据处理　6. 物理独立性　7. 相同的数据在不同应用程序中出现不同的值　8. 收集、存储　9. 数据库管理系统　10. 数据库管理系统、查询管理器　11. 数据定义语言

第二章　数据库技术基础知识

一、选择题

1—5　AADAB　6—10　CCBAC　11—15　CDBBD　16—17　DB

二、填空题

1. 完整性　2. 实体联系方法　3. 属性　4. 实体　5. 关系　6. 主关键字

7. 候选关键字　8. 实体完整性规则　9. 不能　10. 3NF　11. 投影　12. 选择　13. 元组、属性　14. 矩形、菱形、椭圆形

第三章 Visual FoxPro 语言基础

一、选择题

1—5　BCBAC　6—10　CADCB　11—15　CCCBC　16—20　DACDB　21—25　CDADC
26—30　DBCCC　31—35　CDABB　36—40　CACDC　41—46　CAACDB

二、填空题

1. 8　2. C（或字符）　3. C、N、Y、D、T、L　4. FPT　5. 32　6. DBF　7. TO A　8. .F.
9. L（或逻辑型）　10. {^2005/10/27}　11. N（或数值）　12. N 型（或数值型）
13. c＞b＞a　14. 123456　15. .T.（或.Y.）　16. GOODGIRL　17. 2
18. 8　19. SET DEFAULT TO D:\data

第四章　数据表、库操作

一、选择题

1—5　DBDCA　6—10　BCDCD　11—15　CCCAA　16—20　BADCD　21—25　BABDB
26—30　ACBAC　31—35　CCCBB　36—40　BDCCD　41—45　CCACD　46—50　BD-
CAD　51—55　DBADB　56—60　BCDAB　61—65　CCDAA　66—70　DCADA
71—75　CCABA　76—80　DCDCB　81—85　DCACC

二、填空题

1. 数据库表、自由表　2. 数据库　3. 10　4. 4 个字节　5. 3　6. xh C(6)、xm C(8)、nl N

(2)) 7. TABLE、zzmm L 8. 2、gh、csrq 9. B 10. ALTER 11. ALTER TABLE xs DROP［COLUMN］bj 12. IN 13. INSERT INTO xs（学号，入学成绩）VALUES（"990441"，99） 14. SELECT 0 15. AGAIN 16. GO TOP 17. 王芳 已婚、6000、5 18. 1、2、3 19. 3 20. 1．F．、1．T．、4、2、10．F．、11．T． 21．．T． 22. OFF 23. RECORD n、REST 24. Field xh,xm,xb 25. SELECT－SQL 26. APPEND［BLANK］ 27. APPEND FROM D：\新建文件夹\stu. dbf FIELDS xh，xm，xb 28. DELETED 29. 当前 30. WHERE 签订日期＜｛^2002/01/01｝ 31. YEAR（DATE（））－YEAR（csrq）＞＝65 32. DELETE FROM js WHERE gz＜＝400 33. SET，gl＜＝15，jbgz＋250，jbgz＋400 34. UPDATE js SET jbgz＝jbgz＋100 WHRER YEAR(DATE())－YEAR(csrq)＞29、USE JS，REPLACE jbgz WITH jbgz＋100 FOR YEAR(DATE())－YEAR(CSRQ)＞29 35. UPDATE js SET gl＝gl＋1 36. 独立索引文件 37. 结构复合索引文件 38. 1 39. 主控索引 40.．CDX、结构复合索引 41. xm＋DTOC(csrq,1) 42. 实体 43. 实体 44. 侯选关键字 45. COPY TO xs1 FIELDS xh，xm SDF 46. 共享 47. 共享、独占 48. 保守式 49. xs、E、W15 50. TYPE DELIMITED(TYPE 可以省略) 51. APPEND BLANK 52. COUNT FOR（YEAR(DATE())－YEAR(csrq))＜18 TO a1，SUM cj FOR cj＜60 TO a2、AVERAGE（YEAR(DATE())－YEAR(csrq)) TO a3 53. DTOC(gzrq,1)＋DTOC(csrq,1) 54.．T．，．F．，RECCOUNT()＋1 55. 本地视图 56. 不重复、共享性、独立性 57. SET DATABASE TO mydata2 58. 链接 59. 前链、后链 60. FREE 61. nl＞＝17 AND nl＜＝26 62. ALTER、SET CHECK 63. 更新触发器、删除触发器、插入触发器 64. 更新、SUBSTR(xh,1,2)＞＝"00" AND SUBSTR(xh,1,2)＜＝"05" 65. 限制、忽略 66. 供应商 ID、供应商 ID、2 67. 删除规则、级联 68. "TABLE" 69. 存储过程

第五章 查询与视图设计

一、选择题

1—5 DBACC 6—10 BDDBD 11—15 CDBBD 16—20 DDBBB 21—25 BACCA 26—30 DBBBC

二、填空题

1. 结构化查询语言、三级、外模式、模式、内模式 2. 数据定义、数据管理
3. DISTINCT、将查询结果输出到临时表、将查询结果输出到表、在查询中对数据进行分组、对查找中的分组结果进行筛选、对查询结果进行排序。 4. 仓库号！＝"wh1" AND 仓库号！＝"wh2" 5. GROUP 6. 排除重复的行、ALL、1 7. YEAR(DATE())－YEAR(csrq)、INTO TABLE ws 8. COUNT（*）、AVG(jbgz)、MAX(jbgz) 9. 0、0 10. INTO TABLE xx 11. IIF(MONTH(csrq)＜＝6，'上半年'，'下半年'）； 12. cj，cj．kcdh＝"01"、cj．cj 或 2 13. csrq＞＝｛^1982－03－20｝AND xb＝"男" 14. WHERE ximing＝"信息管理系" 15. ts. 书名、ts. 出版单位、DATE()－jy. 借书日期 16. SUM(馆藏册数＊单价)、AVG(ts. 单价) 17. TOP 10 、GROUP BY 1 ORDER BY 4 18. 最后得分、BETWEEN 8.00 AND 9.00 19. UNION、"70－79"AS 分数段类型 20. hsrq－jyrq－60、UNION 21. 本地视图、远程视图 22. 数据库、USE 23. 基表 24. 自动打开 25. 数据库

三、设计题

1. SELECT js. xdh AS 系代号，js. gh AS 工号，js. xm AS 姓名，COUNT（＊）AS 课程门数；
   FROM jxk! js INNER JOIN jxk! rk ON js. gh＝rk. gh；
   GROUP BY js. gh ORDER BY js. gh

2. SELECT xs. bjbh AS 班级编号，；
   IIF（MONTH（xs. csrq）＞＝1. and. MONTH（xs. csrq）＜＝6,"上半年","下半年") AS 时间，；
   COUNT（＊）as 女生人数 FROM jxk! xs；
   WHERE Xs. xb="女" GROUP BY xs. bjbh，2 ORDER BY 3

3. SELECT js. xdh AS 系代号，js. zcdh，AVG(kc. kss) AS 平均课时数；
   FROM jxk! js INNER JOIN jxk! rk；
   INNER JOIN jxk! kc ON rk. kcdh＝kc. kcdh ON js. gh＝rk. gh；
   GROUP BY js. xdh，js. zcdh ORDER BY js. zcdh DESC

4. SELECT YEAR(xs. csrq) AS 出生年份，xs. xb，COUNT（＊）AS 人数；
   FROM jxk! xs GROUP BY 1，xs. xb ORDER BY 1 DESC

5. SELECT js. xdh AS 系代号，COUNT（＊）as 人数，MAX(gz. jbgz) AS 最高工资，；
   MIN(gz. jbgz) AS 最低工资，AVG(gz. jbgz) AS 平均工资；
   FROM jxk! js INNER JOIN jxk! gz ON js. gh＝gz. gh；
   WHERE js. zcdh="01" GROUP BY js. xdh ORDER BY js. xdh

6. SELECT xs. bjbh，COUNT（＊）AS 女生人数 FROM jxk! xs WHERE xs. xb="女"；
   GROUP BY xs. bjbh ORDER BY 2

第六章 程序、过程设计

一、选择题

1—5 BBACB 6—10 BCBDD 11—15 BCADB 16—20 CCBBC 21—25 BADAA 26—30 CAACB 31—35 BBBDD

二、填空题

1. . PRG、过程名、PROCEDURE、END PROCEDURE 2. 分支程序 3. 可以多于形参个数，多余默认值为. F. 4. 254 5. CANCEL 6. EXIT 7. 按 ctrl＋w 键 8. CLEAR 9. KROW 10. SUBSTR(zz,1,c＋1) 11. YEAR（CSRQ）、nResult 12. yhdm＝"1"、yhdm＝"2"、yhdm＝"3" 13. i＊(i＋1)、EXIT 14. 6 15. . T. 、LOOP、SKIP 16. EXIT 17. 5、s＋p、x＋1 18. 2、54 19. 1、m、m＊n 20. 1000、s＋i^2 、S 21. n＝1 TO 50、n＝50 TO 1 STEP −1 22. "WTT"连续显示 5 次 23. LEN(cstring)、ncount＋1、ENDFOR 24. SCAN、AND、REPLACE ALL 等级 WITH ′优秀′ 25. 不同 26. STR(msum)) 27. 2、4、6、8、10 28. PARAMETERS 29. 40 30. nsum＋jc(n)/jc(n＋1)、to x 31. PUBLIC 32. 结果显示在 2 行上，依次为 120、1 33. TO REFERENCE 34. 33 35. 计算机等级二级 Visual FoxPro 36. ! BETWEEN(x,10,100)或填(x＜10 . OR. x＞100)、STR(PI() ＊ x^2)

37.   B
                            CCC
                           DDDDD
                          EEEEEEE
                         FFFFFFFFFF

38. DELETE、SKIP、PACK   39. cj＜60、n＞＝3、n

第七章　面向对象设计基础

一、选择题

1—5　BABBB　6—10　BCBCB　11—15　ADCBB　16　D

二、填空题

1. 容器类　2. Init　3. ThisFormSet　4. Parent　5. DATE()　6. Error　7. ThisForm.
Release　8. 活动　9. 对象　10. 事件　11. 多态性　12. Error、Destory　13. 控件
14. Init　15. Release ThisForm　16. 刷新当前活动表单　17. 在组合框或列表框中添加
一个新数据项　18. 从组合框或列表框中移去一个数据项　19. 继承性、多态性、封装
20. 基类、子类　21. 属性　22. 方法　23. 绝对、相对　24. 容器、类　25. 命令按钮组、选
项按钮组

第八章　表单、控件及类的设计

一、选择题

1—5　CDACB　6—10　BBABC　11—15　ADADA　16—20　BDACC　21—25　CCCBB
26—30　DACCD

二、填空题

1. .T.　2. ThisFormSet　3. FormCount　4. SetFocus、GotFocus　5. 确定标签上显示的文
本能否换行　6. .T.、.T.、江苏省普通高校计算机等级考试　7. 浅蓝色　8. PasswordChar
9. ReadOnly　10. 备注　11. 逻辑、数值　12. PageCount、当前活动　13. ActivePage
14. Interval　15. Timer　16. 0.1　17. 0　18. 99　19. RowSourceType、ControlSource
20. Value　21. .T.　22. 下拉列表框、下拉组合框　23. 命令按钮组　24. Parent　25. Th-
isform.Init()　26. 取消(\＜X)　27. 命令按钮　28. 子表　29. 列　30. 2,"C"　31. 2,
Caption、ControlSource　32. Thisform.list1.Value、tempx　33. 2、Value、xxmm　34. Inter-
activeChange、4—SQL 说明　35. kc.kcdh、kcm、kss、cjkcdh、kc、kcdh、kc.kcdh、parent
36. Thisform.text1.value、Thisform.list1.Additem　37. Column(i)、不能　38. SetAll、xim
39. RowSourceType、x　40. 表格、复选框　41. 由系统提供的类、子类　42. 类库、.VCX
43. DoDefault()、域

第九章　报表

一、选择题

1—5　ADDCC　6—10　ADDBD　11—15　BCBBA　16—20　BBBCC

二、填空题

1. 页标头　2. 3　3. 细节　4. 标签　5. MODIFY REPORT　6. 总结带区

第十章　菜单和项目管理

一、选择题

1—5　AADBC　6—7　DD

二、填空题

1. \—　2. 普通菜单、SDI 菜单、快捷菜单　3. 打印(\<P)　4. 命令、子菜单、菜单项、过程
5. 跳过、. T.、. F.　6. SET SYSMENU TO DEFAULT　7. 程序文件、菜单文件、表单文件、查询文件　8. BUILD EXE myproject FROM project

参考文献

【1】刘秋生. 数据库程序设计 Visual FoxPro. 南京：东南大学出版社，2007

【2】单启成. 新编 Visual FoxPro 教程. 苏州：苏州大学出版社，2003

【3】NCRE 研究组. 全国计算机等级考试考点解析、例题精解与实战练习（二级 Visual FoxPro 数据库程序设计）. 北京：高等教育出版社，2008

【4】考试命题研究组，新思路教育科技研究中心. 全国计算机等级考试标准预测试卷（二级 Visual FoxPro）. 北京：化学工业出版社，2008

【5】余坚. Visual FoxPro 程序设计实验与学习指导. 北京：清华大学出版社，2006

【6】刘甫迎，党晋蓉，刘焱. Visual FoxPro 程序设计基础教程. 北京：人民邮电出版社，2008

【7】李雁翎. 数据库技术及应用——习题与实验指导（Visual FoxPro 计算机基础课程系列教材）. 北京：高等教育出版社，2006

【8】李春葆，曾慧. 数据库原理与应用——基于 Visual FoxPro（第 2 版）. 北京：清华大学出版社，2007

【9】考试命题研究组，新思路教育科技研究中心. 全国计算机等级考试历年试卷汇编及详解（二级 Visual FoxPro）. 北京：化学工业出版社，2008